ロウケン

山田 博愛
YAMADA Hirochika

文芸社

目次

グリーンユニット……7
レッドアラーム……57
ブラック……93
グレー……125
シルバーエッジ……159
ゴールドサーフェス……185
あとがき……223

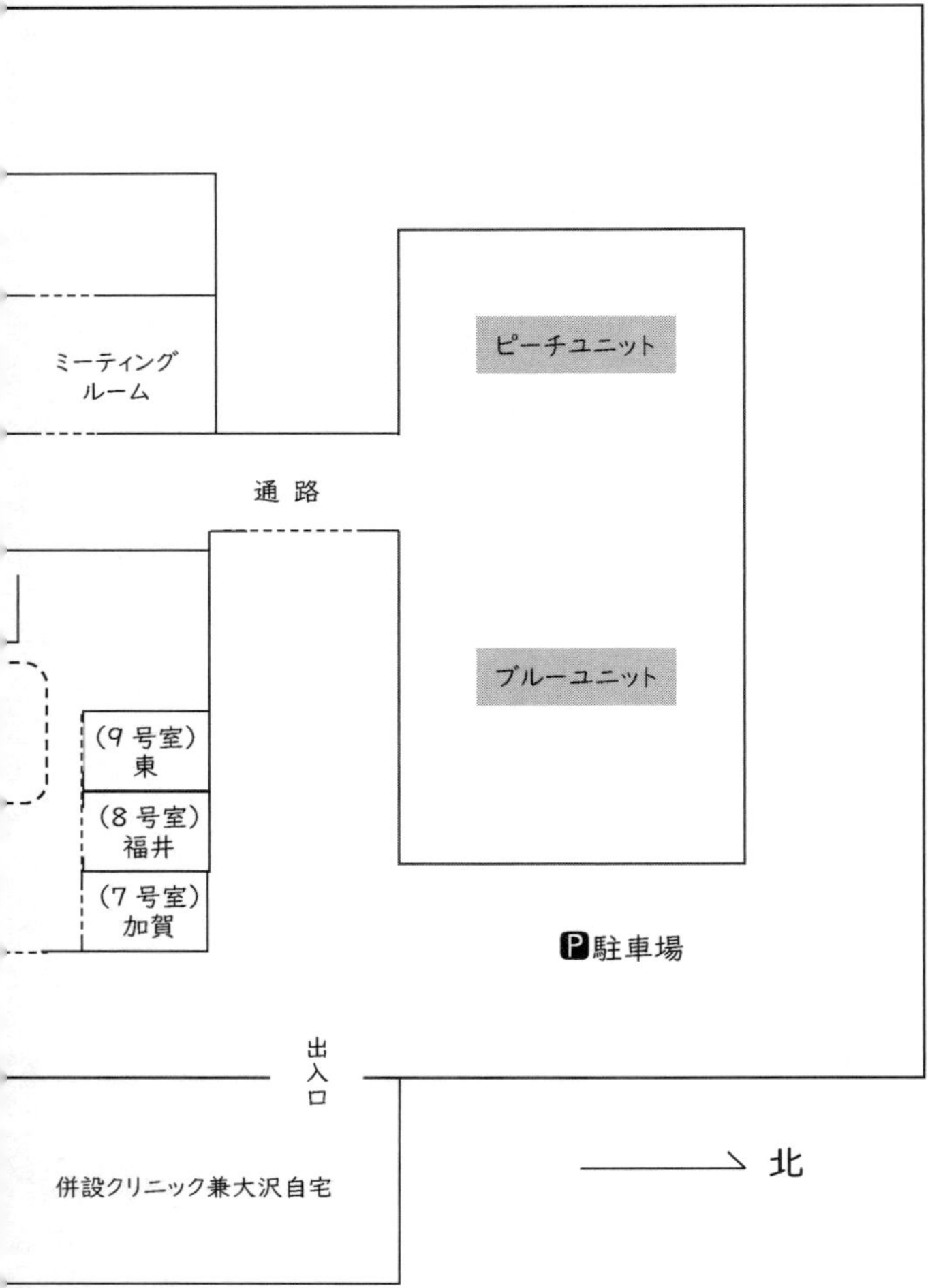
ミーティング
ルーム
ピーチユニット
通 路
ブルーユニット
(9号室)
東
(8号室)
福井
(7号室)
加賀
P駐車場
出入口
併設クリニック兼大沢自宅
北

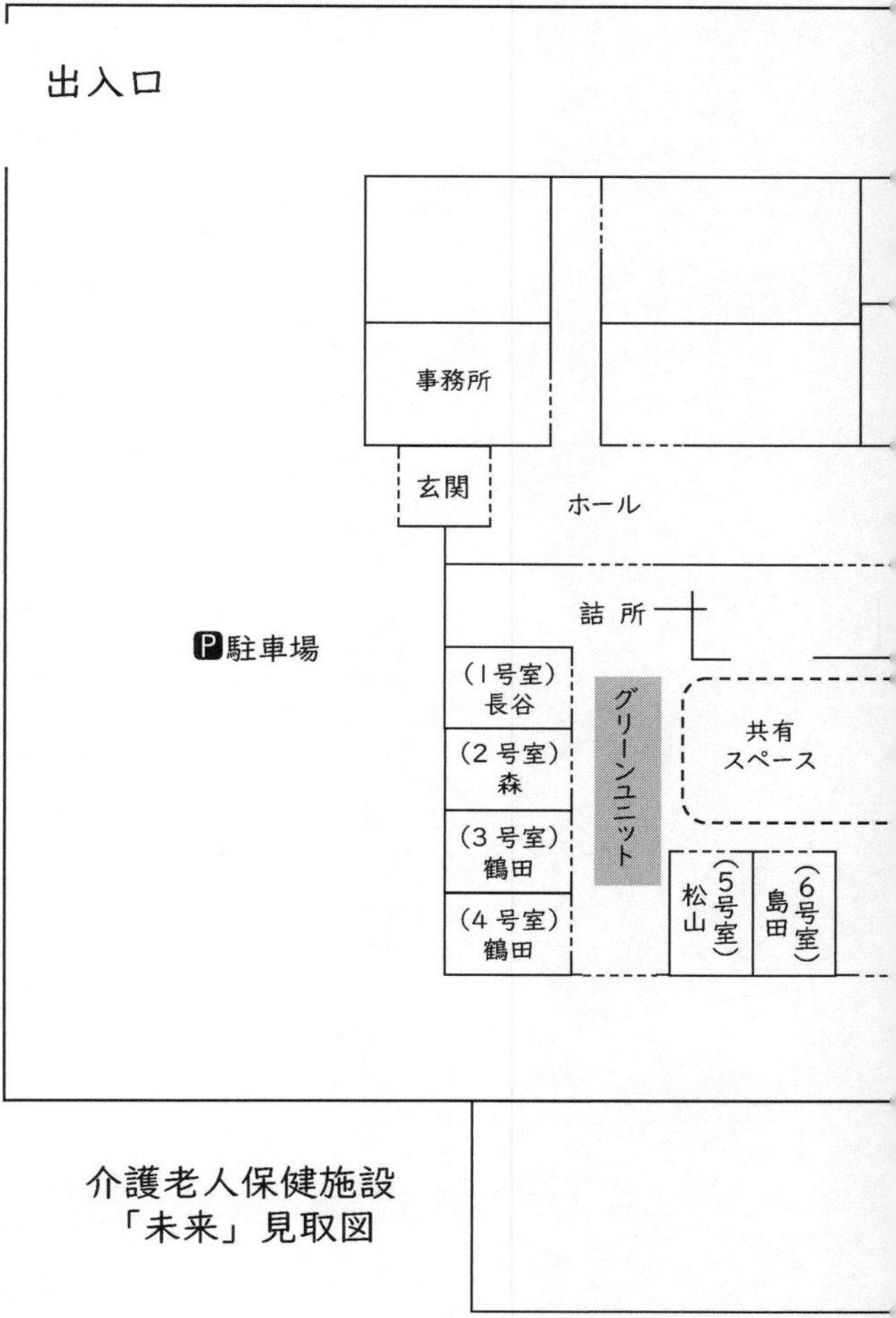

介護老人保健施設
「未来」見取図

グリーンユニット

里子はバターンという不審な音に、仮眠中のソファベッドから飛び起きた。

音は南の方向より聞こえてきた。南側には4部屋が配されている。里子が勤める介護老人保健施設「未来」は3つのユニットから構成されている。よりによって介護老人保健施設に「未来」って名付けるなんていかがなものかと思っていたが、3年前の面接の際に名付け親の理事長の話を聞いて、なるほどなと合点がいった覚えがある。確か「長年ご苦労をされてきたお年寄りの生き様やスピリッツを未来へつむいでいく……」というようなことを言われたと思う。その際に「もちろんお年寄りといっても色々で、いいおじいちゃんおばあちゃんばかりでなくて、家族や社会に迷惑だけをかけている人もいるけどね」と付け加えていたのを、里子はむしろ小気味良く感じた覚えがある。

3つのユニットはグリーン・ブルー・ピーチと命名されていて、各々9、10室で成り立っている。里子は、今日はそのうちのグリーンユニットの夜勤当番なのであった。バターンという比較的大きな音はどうやら2または3号室の辺りから聞こえてきたようであった。

両方の部屋をのぞいてみたが、利用者さんは静かに穏やかに眠りについていた。恐れていたベッドからの落下という事態ではなかったことに、里子はほっと胸を撫で下ろした。

ベッドからずり落ちると、落ち方にもよるが、かなりの確率で大腿骨の頚《くび》のところで骨が折れるのである。折れやすい場所が2ヶ所あるらしく、以前に看護師からその一方が折れることを「てんし骨折」と言うんだよと教えてもらい、天使骨折、即ち天使のような自由な振る舞いをするお年寄りが、宙を飛んで落ちる……みたいなことでそんな名前になったのかと思っていた。しかし、「てんし」ではなくて「てんしぶ」が正しく、転子部《てんしぶ》骨折が正式な名称であることを最近知ったばかりであった。

過去にも1度、自分の担当の時に、その転子部骨折を負わせた、即ちベッドからずり落ちた利用者さんの骨を折らせてしまったことがある。「折らせた」というのは自虐的すぎるかもしれないが、里子としては申し訳ないという気持ちが今でも残っている。そうは言うものの昨今はベッドから落ちそうな利用者さんを縛り付けることはもちろん、ある一定以上の拘束をすることに対して、法的な基準はないものの、かなり厳しい規制がされるようになっている。里子はそれが故に転落などの事故がかえって多くなっていることに矛盾を感じているが、「それは身体拘束に当たるよ」という葵の御紋的な台詞でたしなめられると、合理的な反論が不可能なため、溜飲を下げているのである。

いずれにしてもすやすやと眠りについている利用者さんを見て、里子はほっと胸を撫で下ろしたのであった。

利用者さんとは介護老人保健施設、通称老健《ロウケン》の入所者の総称である。入所者さんと呼ぶこともあるが「にゅうしょしゃさん」はやや言いにくいので、利用者さんと呼ぶのが一般的である。介護が必要な方に、介護保険制度を利用して、介護サービスを提供するのが老健の役割なので、対象者は病気のために病院に入院している「患者さん」ではなく、「利用者さん」なのである。

そうは言っても、利用者さんは80～100歳くらいの高齢者なので、当然のごとく少なからず病気を抱えている患者さんでもあるわけだが、介護保険上、老健の利用者さんは介護サービスのみが必要な方であるから、医療行為は必要ないはずであるという建前になっている。老健未来は隣接地にクリニックを備えた「併設型老健」なのであるが、クリニックから利用者さんに処方する薬も、何らかの病気を患った時に点滴などの処置を行った場合も、医療保険は使えない決まりになっていて、ご家族にも請求できないことになっているため、一部の例外を除いて全て「持ち出し」、即ち施設側が薬剤費や輸液等のための消耗品代などを支払う（介護保険料の中でやりくりすること）になるわけである。

まあ国家予算にも限りがあるので、そうでもしなければ、こういった介護保険施設に入っている方に、腹がふくれるほどの薬を出し、さして必要でもない点滴をジャブジャブと行い、不要不急の検査を青天井に行うことになりかねず、悪く言うと、医者の金儲けの種になることを防ぐため、良く言えば、利用者さんの薬づけ検査づけを防ぐために、介護保険と国民保険を同時に利用することに制限がかかっているのである。

現在午前2時20分。里子は、ちょっと早いがついでに2時半の定期の見回りを済ませることにした。まずグリーンユニットの1号室の利用者さんの部屋をそっとのぞいてみた。長谷金代さんという99歳のかわいらしいおばあちゃんである。すやすやと寝息を立てて眠っている。長谷さんはお孫さんが主に面倒をみていて、必要に応じておばあちゃんを訪ねてくれる。職員にとっては、適度に顔を出して下さるのが一番ありがたい。あまり執拗に毎日訪れてもらったのでは老健の意味が無くなってしまうし、無理をして来てもらっていると、勢い色々なアラが見えてくるためロクなことはない。なぜお孫さんが面倒をみているのかと言うと、娘さん即ちお孫さんにとってはお母さんが認知症であるから、面会に来ることが不可能どころか、娘さんはお母さんの顔や存在の認識自体ができない状態なのである。したがって負担はほぼ全てこのお孫さん（と言っても40歳代である）にかかってくる。そんな状況では自分のことどころではない。それだからかどうかは分からないが未だに独身である。認知症のお母さんと2人暮らしで、老健入所中のおばあちゃんの面倒もみているわけで、とても大変なことと思われるが、ご本人は比較的飄々と、苦労はおくびにも出さず力強く生きているように見える。

里子は自分にはとても無理だと思った。「人間五十年　下天の内をくらぶれば　夢幻の……」という信長の時代ならば、長谷さんはとうの昔に亡くなっている。長谷さんの娘さんも亡くなっているはず。それどころか40歳代のお孫さん自体、もうお迎えが来てもいい年齢ということになる。

里子はこのおばあちゃんの部屋を訪れる度に、「人類は長寿を得て、果たして本当に幸せになったのだろうか？」と考えてしまう。そりゃお孫さんと同じくアラフォーの里子は、50歳まであと寿命は10年ですよと言われると、さすがにおいおいちょっと早すぎるんじゃない？　という感じになる。結局は今の医学の恩恵により、特に日本人は長く生きられるようになったわけであるから、その恩恵を享受しながら、その範囲内でハッピーに生きていけばいいのではないだろうか、という結論にいつもいきつくのではある。

しかし、そういった観点から言っても、無理な延命や、過剰な医療はお断りである。里子自身臓器提供カードを持ち歩き、脳死時の延命は拒絶する旨、あらかじめ意思表示をしている。また、もしも腎不全になるようなことになっても、透析もお断りしたいと常々思っている。後者については、現に透析を受けていらっしゃる方たちに失礼にあたるので、決して口に出すことはないが、透析までして生きていたくない、それが天命と諦めようと決意している。しかし決意とは言うものの、実際はその場になってみないと分からないとは思うが、やはり里子はそういう時は、そうしようと決めている。

そんな里子の浅はかな思いをあざ笑うかのように、目の前の長谷さんはまもなく100歳を迎えようとしていて、今は静かに穏やかに眠りについている。

２号室の森かず子さんの部屋に入ろうとした時に、窓の外がカーテン越しに明るくなった。里子はおやっと思い森さんの居室のカーテンを少し開けて外の様子をのぞいてみた。老健未来は山の中にあり、というよりもこの地域全体が山の中なのであるが、幹線道路の県道よりも若干奥まったところにあるため、夜中の２時過ぎに車のヘッドライトの光が建物の方向へ向けられることはめったにない。あるとすればなにかのはずみで迷い込んだカップルと断定してもいいくらいに、稀にしかこの時間帯にヘッドライトの光が建物の方向に向けられることはないのである。

カーテンを少しだけ開けて外を確認したが、こちらに向かってくる車は見当たらず、代わりに駐車場を出ていく車のテールランプが見えた。やはり迷い込んでＵターンしたのかと里子は思った。

そんな様子に気が付いたのか、森さんが目を覚ました。

「何で夜なのにカーテン開けとるの、止めやーよ」

「ごめんねー」

「全くこれやであかんわー」

これやであかんわーの「これやで」という言葉にひっかかったが、森さんの口癖で意味の全く無いいつもの憎まれ口であることを自身に言い聞かせ、気にしないことにした。そうは言っても一日に何回も、いや場合によっては何十回も、こういう類の不快な言葉を聞かされると、つい言葉を返したくなる。「これやであかんわー」とか「ちっとも言うこと聞いてくれんやないの」とか「何回同じこと言わせるのー」「前の施設の方がよっぽど良かったわ（実際はここが初めての施設入所）」などを一日中、機械のように繰り返している。まさに機械のように無表情に、何かの儀式のように繰り返している。

前医からの紹介状によると、以前精神科の専門病院で特殊な認知症であるピック病と診断されているので、このような定型句の反復は病気のせいなのだろうとは思うが、顔を合わせる度になじられるとさすがに気が滅入ってしまう。それに、この人は本当にピック病という認知症の一種なのだろうか？　という疑念が払拭できない。元々のキャラクターの問題ではないかと思われる場面に度々遭遇する。例えば、あまりにくどいのでたまに、

「森さん、それ今日だけで20回くらい聞いたよ」

などと言うと、気のせいかもしれないが目の奥の方が笑っていることがあり、やっぱり意図的なのではないかと思わざるを得ないことがままある。

ある時、見舞いにみえたご主人に遠回しにお聞きしたことがある。

「森さんって、若い時から今のような感じだったんですか？」

「いやー、本当に迷惑ばかりかけていて申しわけない……」

「いえいえ、そういうわけではないんです」

「いやね、あれも若い頃はあんなでもなかったんですよ」

「そうなんですね」

「実は若い頃は、大手銀行の本店に勤めていて、結婚してからもしばらく働いていたんですがねー……」

　概ね本人からそのような話は聞いていて、大手銀行というのははったりかと思っていたが、本当であったのだ。

「子宝にも恵まれて、下の子どもが小学生になると同時に、当時としては珍しかったんですが、請われて銀行に復帰したんです」

「キャリアウーマンだったんですねぇ」

「まあ、そんなようなものですかねー。ところが復帰した翌年に支店長が代わり、その人が、ほらっ、あれだったんですよ」

「あれ？」

「何て言うんでしたっけ。ほら、あっ、そうそうパワハラ。パワハラの権化みたいな人だったんです」

「はいはい」

「家内は当時、随分その支店長の仕打ちに悩まされ、一時的に精神的におかしくなって病院にも通いました。そしてその後1、2年で折角復帰した銀行を辞めざるを得なくなったんですね」

「そんなことがあったんですかぁ」

「それからです、あんな性格になったのは。今でも時々鬼軍曹、鬼軍曹とうわ言のように。鬼軍曹というのは支店長のことなんですけどね、言ってますよ」

「そう言えば、鬼軍曹って何かの時に言ってみえた覚えがあります」

「そうですか……」

「森さんの普段の言動の背景がいくらかが分かったような気がします。話して下さってありがとうございます」

以上のような話をご主人としたのがつい1週間ほど前のことであった。

パワハラというのはやはりそれほど、人の生活や性格まで影響を及ぼすものなのだ。それも何十年先まで。おそらく森さんも必死で記憶から押しやっていた辛い経験やトラウマが、認知症の影響によって制御できなくなり、曖昧に蘇り、カタチを変えて表出しているのだろう、と里子なりに考えた。それが現在のわがままで横柄な言動に関係しているとすれば、腹を立てたりすべきでないことは理屈では分かるのだが、しかし人間の感情はそうそう理屈通りにはいかないもので、憎まれ口も頻回になるとついこちらも言い返してしまうのである。

しかし里子は、最近はそれもありかなと思っている。

悪口に対して悪口で言い返しているうちに、思わぬ意思の疎通が図れることがある。

「あんた、なんでもうちょっと上手にやってくれんのぉ、親の顔が見たいわ」

などと言われ、

「私も森さんの親の顔が見たいわー」

などとやり返すと、一瞬「おっと言い返してくるんかい、意外やな……」という顔つきをされる。そこに互いの関係性にたわみというかあそびが生まれ、不満や怒りが吸収されていくような感覚を覚えることがある。叱りつけたり子ども扱いをしてたしなめるよりは、悪口で言い返した方がよっぽどいいのではないかという気がしている。

しかし悪口にも言い方があるし、時と場合を考えないとまずいことになる。ある時、森さんがいつものように、別の職員に対して、

「そんな言い方しかできんようでは失格やなあー」

と嫌味なことを言うもんだから、その職員も怒り半分冗談半分で、

「人間失格の森さんが言うんやで間違いないわー」

と敢えて調子はずれの声で言い返したところに、ちょうど森さんの息子さん夫婦がユニットのドアを開けて入ってきたのである。一瞬、その職員は、奥さんの方と視線が合ったような気がしたが、すぐいつものように居室に入っていかれたので、多分暴言（そのつもりはないが）は聞かれなかっただろうと高をくくっていた。しかし帰りがけに施設長にその奥さんが、

「ここでは、入所している高齢者に人間性を否定するようなことを、平気で言われるんですね」

と言われたそうである。やはり冗談まじりの会話も、五感を研ぎ澄ませて状況を確認した上で発しないといけないなと、その話を施設長から聞いた里子は思ったのであった。

「おーーい、おーーい、おーーーい」

静寂をつんざくように怒鳴り声が聞こえた。さっきまですやすやと眠っていた1号

室の長谷さんである。最近、突然何かでスイッチが入りせん妄状態となりがちだ。意識障害と興奮が混在した状態をせん妄と定義するそうで、先日、先生から聞いたばかりである。あっ、そうそう先生というのは隣接クリニックのドクターで、老健未来の理事長のことである。クリニック兼先生の自宅が敷地内に併設されている。まああまり制度のことはよく分からないけど、里子が以前勤めていた老健は提携医療機関が数キロ離れていたので、確かに介護職員としては何かあった時に安心と言えば安心ではある。

「おーーい、おーーい、おーーーい」

叫び声は途絶えそうにない。

「長谷さーん、どうしたの？」

1号室に戻り、里子はあやすように声をかけ、ずり落ちかけていた布団をそっと直そうとすると、

「何するのっ！」

と、里子の二の腕をつねろうとした。

「寒いかなと思って、大丈夫？」

それには応えず、眠りにつこうとする様子であった。

介護の仕事はこんなことの繰り返しである。いったい全体私がやっていることに何の意味があるんだろうか？　この人たちをお世話することに意味があるのだろうか？

この人たちはそれを望んでいるのだろうか？　老人ホームに入ってこうして過ごすことが本意なのだろうか？　家族の顔も思い出せなくなった状態で生き永らえることを本当に望んでいるのだろうか？　この類の懐疑は、もしかしたら介護職員が抱いてはいけないことなのかもしれない。しかし湧き上がる疑問を完全に抑えこむことは不可能である。よく、利用者さんの笑顔やたまにかけてくれるねぎらいの言葉に救われる、という介護職員の話を聞くが、確かにその通りである。しかしストイックに考えるとそれは自己満足に過ぎないのではないかとも思えるのであった。

里子は自身の為していることに、普遍的な確固たる意義が見出せないでいた。しかし、様々な困難を抱えるお年寄りを預かりお世話することによって、ご家族には多少なりとも自由な時間が生まれ、余裕と幾ばくかの幸せを享受いただけているのではないか、とは思うのであった。

この時間帯の見回りはオムツ交換を兼ねている。３号室の鶴田ミエさんの部屋に入ると、先ほどは気が付かなかったがかすかに便臭がした。こんな時間に失便とは珍しい。だいたいは多少にかかわらず失尿がみられ、長時間放置しておくと様々な弊害が生じるため、時間を決めて交換するようになっている。

やはり失便していた。里子は手慣れた手つきでさっさっさっとオムツを交換した。

友人から、

「下の世話とかよくできるよね、感心するわ」

と言われることがあるが、こういう場合だいたい感心はしていない。

「そんな汚い仕事よくやるわ」

というのが本音である。しかし里子はウンチを汚いと思ったことはない。医者が血を見ても怖くないように、必要に迫られて行っている行為に慣れが加わると、きれいとか汚いとか、怖いとか怖くないとか、辛いとか楽しいとかの感情は消失するようである。

それに、介護は大変でしょ、というような同情と軽蔑が入り混じったような哀れみもはた迷惑なところがある。そりゃー他人から称賛されるような仕事ではないかもしれないが、様々な経緯がありこの職に就き、ある程度の誇りを持って送っている日々に対して、批判や同情をされるような筋合いは無いような気がする。

ただ、自分が同じような状況になった際に、つまり人様にシモの世話をしてもらわなければならなくなった時に、それでも、そうまでして生きていたいかというと、やはり答えはノーと言わざるを得ない。ということになると、自分が望まないことを人にしてあげて生計を立てているわけであるが、里子は寿司が食べられない寿司屋の大将を知っているし、同級生の旦那はベンツのディラーだけどトヨタ車に乗っている。それを思えば、自分は介護のお世話にはならないと決めているからと言って、介護職に従事してはいけないなどということにはならないのである。

だいたい、今は介護など受けまいと思っていても、将来には意向が変わる可能性もある。本当のところはその時になってみないとどうなるかは分からない。加齢は一方向なので、今入所してみえる利用者さんと同じ立場を経験することは不可能なわけで、その気持ちを正確に把握することは物理的にも不可能である。認知症の方の気持ちは、自分が認知症にならない限り、本当のところは分かりようがないのである。したがって、分からないものに対しては、相応の敬意を持って接するべきなのであろうと里子は常々考えていた。

4号室の鶴田等《ひとし》さんはすやすやとぐっすり眠りについていた。3号室の鶴田さんと同姓である。この地域には、鶴田やら亀井などの姓がとても多くて、郵便局で鶴田さーんと呼んだら、みんな返事をしたなどということが日常茶飯事である。ベッドサイドの椅子の上にはきれいに折りたたまれたシャツが2枚置いてある。鶴田さんのところには普段、息子さんのお嫁さんが面会にやってくる。息子さんは20年以上前に亡くなっていて、確か消化器系の癌であったと聞いている。2人のお孫さんも10年以上前に親元を離れているため、その後は、お嫁さんは義父である鶴田さんと2人暮らしであったわけである。

人それぞれ色んな事情があるもんだなーと思わざるを得ない。里子は自分が同じ立場だったら耐えられるだろうか？　と考えると気が少し重くなる。そんなことを考えていると、

「ゆみー」

と鶴田さんが声を上げた。ゆみというのはお嫁さんの名前である。

「鶴田さん、どうしましたか？」

返事はない。寝言のようであった。よほど、お嫁さんのことを頼りにしてきたのだろう。

人は与えられた場所で咲くより仕方ない、と里子は最近よく思う。どんな場所にも花は咲く。道端にも、肥溜めの脇にも（さすがにこの田舎にも今は肥溜めは見ない

が）、アスファルトの切れ間にも、長く放置された空き缶からも、花は咲く。植物園に咲き誇る花々よりも、そんな場所に咲いた1輪の花の方が数段美しく感じられることがある。やはり花は咲かせたいと思う。どんな環境であっても花を咲かせたいと思う。3年前に老健未来に勤めるようになってから、特にそんなことを強く思う。皆それぞれにそれなりに与えられた環境で頑張っている。鶴田さんのお嫁さんも、夫を早くに亡くされ、ここ数年は徐々に呆《ほう》けていく義父との2人暮らしを強いられてきたわけであるが、事態を許容し、それなりに頑張っていらっしゃっていたはずである。義父をここに預けられた後は、きっと失われた年月を取り戻すべく相応に日々を楽しんでいて下さっていることと思う。ただお年寄りのオムツを替えるだけでなく、そういう役割を自分たちは担っていると考えれば、そう捨てたものでもないような気がした。

5号室は松山たけしさんという好々爺である。認知症はない。オムツはしていらっしゃるが、夜間でもトイレに行きたがられるので、見回りの度に確認するようにしている。

「松山さーん、トイレ行く？」

「ううん、今はいいわ」

「したぁなったら、言ってよ」

「了解」

小気味のいい会話に、里子もほっとするのであった。

しかし人は見かけによらないものである。この松山さんは名うてのプレイボーイで、その昔はバンドのメンバーとしてギターを担当していたそうである。昭和20年代後半から30年代の林業盛況なりし頃、この町にはキャバレーやスナックのみならず音楽ホールのようなものまであり、さらに歌舞伎の舞台まで常設されていたらしい。それが今となっては飲み屋はおろか生鮮食品店まで全て閉店となってしまった。町内にコンビニは1軒あるものの、この地域からは車で30分もかかる。ちなみに町内に銀行は存在しない。

だが昭和30年代前後は林業の町として栄え、現在の10倍ほどの人口だったのである。炭鉱が閉鎖されて人口が激減して……という話は耳にするが、林業の衰退による人口の減少速度は炭鉱閉鎖の町ほど急激ではないにしても、国内の至るところの中山間地域で見られるかなり深刻な問題である。

昭和40年頃に国が主導して植林を推し進めたはずである。しかし木材の価格低迷に伴い国はそーっと梯子を外したのである。残された方は散々である。豊かな広葉樹林をひのきや杉に植え替えたのに、それらの木材はいつの間にか二束三文。伐採の費用の方が高くつくため、山林は放置され、間伐もままならないため、あたかも死の山と化してしまっている。梯子の外し方が巧妙であったため、人々は国が梯子をかけたことを忘れてしまっている。かけた方もかけられた方も年月が経ち代替わりしたせいもある。国の方は「上に残された山林関係の皆さん大丈夫ですかー」と時々声をかけるが、本格的に何とかしようとする様子はないし、その予算もない。声をかけられた方も「心配いただいて恐縮です」と応えながら必死でもがいている。しかし梯子をかけたのは明らかに国である。登った者に自己責任があるのは当然であるが、どうぞどうぞと手を引っ張ってきてお尻を押して登らせた方の責任があまりにも曖昧であることが、中山間地域の疲弊の大きな要因になっている。何も金銭的に賠償してくれなどと言っているわけではない。国が推し進めた財産林を有効活用するための知恵と予算を最大限絞り出して欲しいのである。それが中山間地域の復興ひいては日本の経済の押し上げになることは明白である――という話を、普段は少しだけ記憶障害があり穏やかな口調の松山さんが、別人のように明晰闊達に語られるのを聞いた里子は、驚くとともに、花粉症の原因となっている、町の面積の90パーセントを占める山林が無為に放置されている理由がすーっと理解できたような気がした。

その松山さん、バンドをしていた頃はすごくもてたらしく、近隣の町で巡業興行のようなことをしながら、毎日のように女の子と一緒に飲み屋へ繰り出していたそうである。そんな状況であったため、婚外子が4人ほどいるそうで、しかもその4人と実子（いつも面会に訪れる息子さん）がとても仲良くうまくやっているらしい、という話を間接的に聞いたことがある。そんなことってあるかしら？　私なんかそんな親の面倒なんか絶対に見ないし、自分の母親以外の女性との間にできた子どもなんて、考えただけで吐き気をもよおしそうだ。まあ松山さんの人柄の為せるわざなのだろう、里子はそう思うことにしている。そう思わないと、男の身勝手さを許容できない自身の性向と折り合いがつかないのであった。それぞれの事情でそれなりに折り合いをつけてうまくやっていらっしゃることに、けちをつける余地も権利も全くないわけであるが、生理的にこういう類の男の傲慢さがどうしても許せないのであった。

どうしてなのだろう？　時々、父の弟即ち叔父から、

「里子のお母ちゃんの家系は女の人が強すぎるで気をつけなあかんよ」

と指摘される。なんで母の家系のことまで言われなあかんのやろうと腹立たしく思うが、確かにその通りなのである。母のきょうだいは9人で、男2人は亡くなり女7人は存命していて、90歳の長女即ち里子にとっての伯母は未だにたばこを吸いぴんぴ

んしている。この姉妹7人とも夫はすでに他界している。それだけをもって女が強いとは言えないわけだが、7人とも本当に強い。男勝りというのか向こうっ気が強いというのか芯がしっかりしているというのか、男なんか必要ないといった感じで、力強く飄々と生きている。こういうのを英語ではマニッシュと言うらしいが本当にそういう感じだ。

自分はそんなことはないと思っていた里子だったが確かに思い当たるふしはある。松山さんに対する嫌悪感もその一つである。昔とてももてたので、外に子どもができて、その子どもたち同士がそれなりに折り合いをつけてうまくやっているのだからいいではないか。自分のことならいざ知らず、入所者とはいうものの他人の話だぞ……ということは頭では分かっていてもやはり許せないのである。

でも、まあ、人それぞれなのである。里子は老健未来に勤めるようになり、色んな利用者さんや様々なご家族の千差万別な生き方を垣間見るにつけ、つくづくそんなことを思うようになっていた。時間に翻弄される日々の業務ではあるが、ここには、酸いも甘いも、清も濁も併せ飲む、多様な人生の縮図が存在しているような気がしていた。

6号室の島田晴子さんの部屋に移ろうとした時に、今度は8号室辺りから「ガチャ」という窓を開けるような音がした。8号室の福井忠司《ただし》さんはほぼ寝たきり状態のおじいちゃんなので、そんなはずはないのであるが、窓を開ける音によく似ていた。念のため8号室をのぞいてみると、いつもと変わりなく、福井さんは浅い鼾とともに眠りについていた。窓はもちろん施錠されていて、少しだけ敢えて開けてあるカーテンの隙間から窓の外を確認してみた。8号室は裏庭に面していて、裏庭にはカクレミノの木が植えてあるのだが、ややヒンヤリとした風に木の葉が揺れている以外、闇夜は静寂につつまれている。

「風の音だったのかな?」

と思ったが、さっきの物音といい、車のライトといい、ちょっと気になるところである。

もう一人の夜勤職員の石田さんに内線を入れてみることにした。石田さんはブルーとピーチユニット併せて20床の方の担当である。花屋さんが家業であるが、以前は証券会社にも勤めていたキャリアウーマンである。口はやや悪いが頼りになる存在だ。

「石田さん、こっちの8号室の辺りで変な音がしたんだけど、そっちは変わったことない?」

「ないよ。風、風じゃない？」

「あんまり風強くないでしょう」

「そうか？　さっき外のバケツがひっくり返る音がしたもん」

「なんでバケツって分かるん？」

「音で分かるし、見えたもん」

「何で見えたん？」

「あれっ、里ちゃんそんな細かい人やった？　ちょうど車が通りかかったからその明かりで見えたんかなー？　そんなことより大丈夫やって？」

「車、こんな時間に通りかかる？」

「おっ、結構気にしとるな、おぬし。ほら、こっちの裏は農免道路に接しているから、奥の家へ行く車が夜でも通るじゃん」

　そうだった。グリーンユニットの担当になって数ヶ月になるので、ブルーとピーチの担当だった時のことを忘れてしまっていた。

「そうやったね。ありがとう、安心したわ」

　受話器を置き、一息ついた後、里子は見回りの続きに向かった。

6号室の島田さんは、老健未来では優等生だ。

ご自身がその昔お姑さんの世話に大変苦労したので、嫁にはそのような思いをさせまいと、3年前に、家で生活できないような状態ではなかったが、自ら望んで入所されたのである。

老人ホームにおいては、自ら望んで、という状況にはなかなかならない。だいたいは、本当は住み慣れた自宅で暮らしたいが、それが困難となりいたし方なく、または善し悪しの判断ができない状態で入所される方がほとんどである。

島田さんはいつものように柔和な笑みをたたえ眠りについていた。

しかし人生は不公平なもので、老健未来に入所して1年目の時に島田さんは長男を交通事故で亡くしている。高速道路の渋滞中に後方からノーブレーキのトラックに追突されたのである。きっと運命だったのだろう。運命ということになれば、いつ何時、自分も同じ目に遭うか分からないということになる。私だったらどうしただろう？　里子はそのニュースを聞いた際に考えたものだ。ハザードランプは点けていたんだろうか？　あの几帳面な息子さんならその辺のところは怠りはなかったはずだ。

やはり結局運命なのである。不幸な運命を避けるにはできる限りのことをやって、最後は神様に祈るしかないのだろう、と里子は思う。したがって神仏を妄信する性質ではないながら、年始の初詣だけは欠かさないようにしている。

この本当に人のよい島田さんは、さらにお孫さん、即ち長男の娘さんを、5年ほど前に脳腫瘍で亡くしている。島田さんに似た色白で細面のお孫さんは地元でも有名な美人であった。高2の時に家族で地元の食事処で昼食を取っていた際に、たまたま全国版の旅番組のロケ班が撮影にやってきた。テレビカメラを向けられたが、慎み深い島田さんの長男家族は、撮られることは遠慮して、食事を終えて帰ろうとした時に、

「ディレクターの坂口と申します」

と、お父さん即ち島田さんの長男に名刺を差し出した。

「実は当テレビ局制作の50周年記念ドラマの出演者を募集しておりまして、娘さんいかがかなと思いまして……」

渋谷辺りならいざ知らず、こんな片田舎でスカウトするなんてどうかしていると父親としては違和感を覚えたが、番組の撮影で来ているわけだから、いかがわしい人でないことは理解できた。

「まだ高校生ですから」

「いいえ、その高校生役を今探しているところなんです。廃線間近の地方鉄道から通う高校生という役柄です」

なるほど、経緯は理解できた。

「店先で失礼に当たるといけないので、もしわずかでもその気になられたら、お電話いただけますか？　そしてよろしければ、お父様の連絡先をお教えいただけませんでしょうか？」

誠実な物言いであったこともあり、電話番号を伝えた。

娘の方はその話に興味を示すことはなく、もちろんこちらから電話をするような考えもなく1ヶ月くらいが過ぎた頃に、ディレクターの坂口より電話があった。

「不躾かとは思いましたが、お電話させていただきました。娘さんはこの間の話に興味を示しては下さいませんでしたか？」

「ええ……」

「やはりそうでしたか。しかし想定の範囲内です」

「はぁ……」

「我々はむしろそういう、まあ言ってみれば、野の花のような慎ましやかなキャラクターを探しておりまして……花屋さんの花のような役者さんは、芸能プロダクションにいっぱいいると言えばいるんですよ」

野の花のようなという説明に父親としては心動かされた。娘の名前「百合」はこの地域の野原に人知れず咲いている山百合のイメージからつけた名前でもあった。

父親や友人から背中を押され、百合は半ばしぶしぶ「赤電車の終着駅」といういかにもベタなタイトルの地方テレビ局制作の2時間ドラマに出演した。なぜ自分なんだと煩悶していた百合であったが、いざ稽古が始まると砂に水がしみ込むように台詞が頭に入り、水を得た魚のように生き生きとしていく自分が不思議でならなかった。

百合の初々しい美しい演技は、すぐに東京の同系列テレビ局のディレクターの目に留まり、とんとん拍子にゴールデンタイムのドラマ番組への出演が決まる。合わせて都内の大学にも合格し、いよいよ新年度から大学生活と駆け出しの女優という二足のわらじの、希望に満ち溢れた生活が始まろうとしていた。その矢先の3月下旬に、ひどいめまいに襲われ、市内の基幹病院に救急搬送され、入院精査の上、悪性の脳腫瘍と診断された。

その後の壮絶な放射線及び手術治療にもかかわらず、およそ1年後の枝垂れ桜が満開を迎えようとした頃、百合は18年という短い、あまりにも短い一生を終えたのである。

5年ほど前に孫娘を若くして病気で亡くし、さらには何の落ち度もない息子を交通事故で亡くすという不幸が、こんなにいいおばあちゃんに、そして訪れる家族・親戚も非常に礼儀正しく物腰の柔らかい、おそらく今まで一度も人様に迷惑など掛けたことがない善良な人々の周りに限って襲ってくる。そんなわけはないし、そこに何の因果もあろうはずがないことは分かっている。里子が不公平と感じるのはそこのところである。人生は不公平だ。善良な人ほど多くの不幸に見舞われる。厚かましく図々しく人を傷つけることなど何とも思わないような人に限って、幸せに恵まれているようなことがよくある。

島田さんの柔和な寝顔を改めて眺め直してみて初めて、

「そうか、こういう人だからこそ、大きな不幸を許容できるんだ。きっと世の中の不幸を島田さんは全部引き受けてくれているに違いない」

と得心がいったような気がした。

「不幸はそれを許容できるところにしかやってこない……」という親戚の法事の際に聞いた説法を思い出した。確かにその通りである。しかし里子自身は、不幸を許容できるような人にならなければ不幸がやってこないなら、私は不幸が許容できないような邪悪な人間でいいや、とも思った。

島田さんのオムツは濡れているような様子はなかったので、一律に交換することは避け、7号室の加賀和美《かずみ》さんのチェックをすることにした。オムツの濡れを確認しオムツ交換を終えると、

「ありがとう、いつも」

と加賀さん。

「どういたしまして」

と里子。

短い会話であるが、救われるような気がする。こんな仕事だけど……。こんなというのはやや自虐的で、本当は、里子自身は介護職を卑下する気持ちは全くない。しかし世間の目は別である。おそらく世の中の88パーセントくらいの人は介護を卑俗な職業と思っているに違いない。被害妄想ではない。どこかの生命保険の調査でも同様な結果が出ていた。こんな仕事だけど、加賀さんの「ありがとう、いつも」という声に、やりがいという言葉では十分に表せない、何かこう充足感を感じるのであった。

人にはそれぞれにそれぞれの歴史やドラマがある。ここに入所していらっしゃる皆さんにも、時間的にも空間的にも多層な生き様が重なり、背景をなしている。

加賀さんの息子のお嫁さんは老健未来の職員である。隣町から地元の建築会社・加

賀建築に嫁ぎ、バブルの頃には工場を拡大し、都市部に事務所を構え、従業員も3倍ほどに増員し相当に儲けたようだが、加賀さん夫婦はそれを散財することなく、コツコツと蓄えに回していたそうである。バブルがはじけ、それに伴い段階的に会社の規模を縮小し、10年前には息子さんに社長を譲った。その直後、東京に本社がある古民家再生を主事業とするベンチャー企業に投資したものの、その会社はペーパーカンパニーで、コツコツと貯めた貯蓄はほぼ全て騙し取られてしまったのであった。

ひどい話だ。自身の建築会社の利益にも繋がるとはいえ、地域再生のために私財を擲《なげう》つようにして供出したお金が詐欺グループの手に渡り、加害者は海外に逃亡し未解決のままになっているようだ。

都市部からの転入者の斡旋、古民家改築の設計・デザイン、広告などをトータルでサポートしてきた実績が、パンフレットや動画で提示され、よもや作り話であるなどと懐疑をはさむ余地は全く無かったと思うが、甘かった。周辺の業務をこの会社に任せ、自身は古民家を地元の木を活かしながら再生していくことに専念しようと思っていた。しかし甘かった。

8軒の古民家の取得、行政との折衝、所有者との交渉、登記に関する測定・各種書類の作成提出など様々な煩雑な作業を、ニコニコと嬉々として気持ちよく進めてくれ、

頭の下がる思いであった。気になっていたその対価について尋ねると、

「ご心配なく、ちゃんといただきますから」

との返答だったが、正に「ちゃんと」持っていかれてしまった。概ね諸手続きが完了した辺りで、8軒の古民家とその地代、そして諸手続き費用を、一括してこの会社に入金した。その後しばらく先方からの連絡が滞り、次の段取りを相談すべく担当者の男に電話を入れたが数日繋がらず、おやっと不思議に思っていた矢先に、「古民家再生ベンチャー企業詐欺容疑で指名手配」というニュースが飛び込んできた。夕方6時半頃の地方版のニュースでの報道であった。ささやかな楽しみである老夫婦2人での晩酌の最中に、テレビに映し出されたニュースの見出しを見た瞬間、2人は顔を見合わせた。さすがにピーンと来たが、すでに時遅し。

老夫婦は蓄えの全ての消失と、さらに幾ばくかの借財に伴い、息子のお嫁さんも働かざるを得なくなり、4年ほど前より、老健未来で介護職として勤務している。勤めの傍ら、短期間でヘルパーやケアマネジャーの資格を取得した頑張り屋さんである。その義母が、1年前より老健未来に入所しているのである。軽い認知症に加え、四肢の筋力低下が顕著となり、寝込むことが多くなったための入所であった。

最近ではこういった、年齢に伴う筋肉の衰え、それによる活動性の低下をフレイル

とかサルコペニアとか言うらしいが、里子にはどうもこれらの横文字はちんぷんかんぷんで理解できない。昔で言う老衰のようなものかなと理解しているが定かでない。

　老衰と言うと、だんだん衰えていったその先に、しかも割と近い将来に死が待ち受けている状態を指すようだから、即ち死を前提とした呼び名なので、亡くなった後に老衰と呼ぶのはいい。しかし、いくら衰えていても生きていらっしゃるうちから「老衰」とは呼ぶわけにいかないので、このようなフレイルとかサルコペニアという横文字を使うようになったに違いないと里子なりに考えていた。確かに衰え方のスピードと程度は千差万別なので、その辺を踏まえるとこれらの横文字は使い易そうであるが、現時点では介護職員が日常的に使用するまでには浸透していないのが実情である。でもストレートに表現すれば、7号室の加賀さんも老衰のため入所していらっしゃる。まあ言ってみれば、そんな言葉は存在しないが「老衰中」であるというのが現状である。

　嫁姑関係はおそらく良好に推移していたのであろう、義母の入所後も相応の距離感を保ち、程よい関係性を維持しているようであった。里子の同僚である加賀さんは昨夜夜勤だったから、当然お姑さんの面倒も見ていたわけで、自分の義母の介護と仕事を同時に行っているような恰好になる。里子は自分ならどんな感じだろう？　と自身に置き換えて考えてみるが、未婚の身なのでその感覚は不明であった。

里子には5、6年付き合っている彼氏がいるが、未だ自分から結婚について話し出すきっかけが掴めずにいた。彼氏も何かを躊躇してその話を切り出せずにいるような感じなのだが、まさか、

「結婚の話とかしないの？」

とこちらから切り出すわけにいかない。

彼氏も、と言ったのは、里子には結婚の方向に思い切って踏み出せない理由が1つだけあった。それは取りも直さずこの仕事のことなのである。介護職は傍からはどちらかと言うと底辺の職業とみなされている。自分自身は様々な事情があり紆余曲折を経てこの職に従事していることに矜持と充足感を持っている。しかし人からどう見られるかということは別問題である。

彼氏はコンピューター関連の会社のプログラマーである。前の施設に勤めていた際に、利用者さんの転落や立ち上がりの危険防止のための監視システムを、企業からの依頼で試験的に導入した際の担当者だった。

「介護もロボットがする日が来るんですかねー」

各居室のベッドサイドにセンサーを取り付けていた際に里子がそんな質問を投げかけた。

「そんな時代が来るかもしれませんねー」

「でも人の感情や行動って、アナログなんですよねー」

里子のそんな言葉に、デジタルな仕事をしている者に対して挑戦的な物言いをする人だなと思い作業の手を休めた。

それから何度か仕事中に言葉を交わすようになり、システム導入作業が終わる頃に、

「お茶でもどうですか？」

と、コンピュータープログラマーらしからぬ、前近代的な台詞で誘いを受けたのがお付き合いの始まりだった。

彼氏はどうやら里子が介護関係の仕事に就いていることをむしろ誇りに思っていてくれているようであった。

「介護事業は成長産業だよね」

というようなことを時々口にする。

「介護を産業とか言われるのはちょっと違和感あるけど、そうかもしれないね」

と応える里子。しかし、本音はどうだか分からない、と思っていた。

一方彼氏は、病気がちな母親を抱えていることを引け目に感じているようなふしがある。

そこは気にする必要ないし、むしろそういう仕事をしているわけだから、任せておいて……と思うのだが、お互いにその辺のところを踏み込んで話す機会がないままに時が過ぎていた。


というわけで、義母が自分の職場にいる、という感覚は何となくは分かるが、本当のところは自分がその立場になってみないと分からないものだ。しかし少なくとも2人の関係性は良好なんだと思う。そうでなければ、

「あなた、お義母さんは、入れるならどこか別の施設に入れてちょうだいね」

と夫との会話でなるはずである。よくできたお嫁さんとお姑さんなのである。果たして自分も同じ立場になったら同じようにできるだろうか？　できる自信はあるが、やはりその場になってみないと分かりそうもないので、余計なことを考えるのは止めにした。

8号室は福井忠司さんというほぼ寝たきりのおじいちゃんである。時々アーとかおーいとか発声するくらいの状態で、食事介助やオムツ交換等に物理的に手間はかかるが、正直介護する側としては、足腰がしっかりしていて動き回られるよりはありがたい。もちろんそんなこと、即ち「むしろ寝たきりになってくれた方が楽だわ」ということを、特に関係者以外に口にすることはないし、里子自身も寝たきりの方がいいなどとは決して思わない。寝たきりの状態というのは、やはり見る側からしても辛いものである。見る側からしてもと言ったが、見られる側であるご本人の気持ちは正直分からない。辛いのだろうか？　楽しい時はあるのだろうか？　痛みなどの訴えはあるが、あとのことは本当に分からない。

「自分ならば寝たきりの状態になったらどうする？」

ということが同僚間や何かの集まりの際に時々話題になることがあるが、だいたい皆「ぽっくりいきたいわ」「寝たきりになったら、殺してくれというわけにはいかないやろうで、せめて延命処置的なことは一切止めて欲しいわ」という意見が大勢を占める。しかし時々「どんな方法でもいいでできるだけ長生きしたいわ」という答えが返ってくることがある。里子の経験としては、そのように生に対する執着心の強い人が、おおよそ30人に1人ぐらいの割合でいる。

個体保存の本能があるとすれば、それが当たり前と言えば当たり前ではあるが、遺伝子保存の本能の観点から考えれば、寝たきりの状態で命を無用に永らえることには何の意味もない。命を有用・無用というような、二者択一的なデジタルな思考法の対象にするのは、もちろん抵抗がある。しかしこれだけ寝たきりのお年寄りが増え、老人ホームが林立し、なおかつ職員の人手不足が常態化している現況に身を置いていると、そろそろこういった問題に真正面から対峙するべき過渡期に至っているのではないかと思わざるを得ない。

だめだめ、余計なことは考えないこと、だって考えても私の力でなんとかなるような話じゃないから……と気持ちを切り替えながら、福井さんのオムツ交換を終了した。

「そう言えば福井さんの息子さん、あの後も結局面会に来なかったなー」

あの後というのは、1年ほど前に息子さんが面会にみえて、大喧嘩をして帰られてからのことである。そのお嫁さんも衣服を届けにたまーに来所される程度で、しかも本人には会わずに事務所に置いて帰られるのである。夏祭りのイベントを行う前にご家族の出欠確認の手紙を送付したが、福井さん宅からは返信がなかったため、施設長の方から「できれば一度この機会にお出でいただけるといいかと思いまして……」との確認の電話を入れてもらったのであった。「そうですねぇ」との返事はいただいたようだが、結局夏祭りにご家族は誰も訪れることなく、職員が福井さんの傍に寄り添い、お茶会の相手をして過ごしていただいた。その後も息子さんは全く面会にみえる様子はなかった。

現在の福井さんの様子からは全くうかがい知る由もないが、随分教育熱心で、息子さんにもスパルタ教育（最近では死語になりつつある）だったそうである。福井さんは県庁勤めであったが、三流大学卒のため重要な役職に就けず、その思いを子どもに託すべく、叱って、怒鳴って、叩いて、殴って育てた。なおかつその頃は深酒をし、毎日のように夫婦喧嘩が絶えず、さらに息子さんが中学生の多感な頃に、県庁の職員と不倫関係に陥り、というよりはどちらかというとストーカー紛いの行為に及び新聞沙汰になったことがあるそうである。

以上は、福井さんと同じ地域に住んでいる老健未来の厨房職員から聞いた話である。だから息子さんはここに来たくないんだろう。そんな親のことは、顔も見たくもないと思って当然かもしれない。だけどそれは昔のことだし、今はこうして大人しく温和な、介護の手間はかかるが好々爺なのだから、そこは割り切って、たまには来所されてもいいような気もしたが、多分人間の感情、特に恨みや憎悪は、そう簡単にコントロールできるものではないんだろうなー、と里子は思い直した。まあたまには家族にも面会に来てもらいたいなーとは思うが、それは義務ではなく強要する類のものでもない。


あとは最後の9号室で見回りは一応終わりになる。一応というのは、ここに入っていらっしゃるお年寄りは、見回りの時だけで全ての用事が済むわけではなく、見回りを認識していてそれに合わせてくれるのは、このユニットでは1人か2人だけなので、あとは間断なく、時間は関係なくコールが鳴る。おーいと呼ばれる。場合によっては叫び声や大きな物音の確認に訪室する……という感じで夜勤は気が休まる時間はほとんどない。ほとんどというのは、時にはもの凄く静かな夜もあるからである。そんな夜は、密かに、購入はしたものの積読《つんどく》になっている文庫本を読みながら過ごす。そういう日は、里子はもちろん無神論者だが、神様にありがとうと言いたくなる。仕事もできて、お給料ももらえて、本を読む時間も確保できてラッキー！　なんて思ったりする。そんなような話を同僚にちらっとしたことがあるのだが、

「あんた何言っとるの。なり手がどんどん少なくなっている老健の仕事をやってやっとるんやで、そんな、仕事ができて感謝……なんてへりくだる必要なんてないない」

と言われた。いやいや里子としてはへりくだっているわけではなく、本当にありが

たいと思っている。里子は歳に似合わず、労働は日々の糧と考えているところがある。それは多分昼間はスーパーに勤め、朝早くに新聞配達を、しかも愚痴ひとつこぼさずやっていた母親の後ろ姿を見て育ったからであろう。いまどきそんなど根性物語でもないかもしれないが、かといって、やれブラック企業だ、労働条件がどうだ、残業がどうだ、ちょっと叱られるとパワハラだ……という風潮はどうもなー、なんか違うなーと感じているが、そんな意見が言いづらいのが最近の世の中である。

何かどこかが間違っているような気がする。一生懸命働いて、みんなから感謝され、それが社会にも役に立ち、相応の給料をいただき、時に美味しいものをいただき、ショッピングや旅行もそれなりに楽しむ、そういうまっとうな働き方や考え方が主張しづらいのは、なぜなんだろう。みんながろくに汗水流さずに、権利だけ主張する……そんなことをしているとそのうちにだめになるぞー、と里子には思えて仕方がない。何がだめになるかというと、この国がということなのか？　里子には国という概念はあまりない。ないわけではないが、そんな考えが浮かんでくると、だいたい自ら抑え込むようにしている。女の立場でというより、私のような立場で国のことを考える必要など全くないと思い直すようにしている。時々ふつふつとこのような国士然とした大局的な観点からの考えが想起されるのは、多分62歳で早逝した父の影響であることに里子は気が付いていた。父は高校の教員を退職直後に皆に請われ市会議員に立候補し上位で当選したが、任期1年目で膵臓癌で亡くなった。新人議員として地域の皆さんのために嬉々として奔走していた最中のことであった。里子がこの仕事を苦にせずできているのは、急逝したため看病もろくにできなかった父の代わりに面倒を見させていただいているという思いがあるからかもしれない。

9号室はショートステイで利用されている東さんだ。ショートステイというのは一時的に入所いただきお世話をするという介護の形態のことである。

東さんは慢性心不全のため、家での生活においては、それ相応の家人の助けが必要な状態である。認知症は全く無い。家族で泊まりで出かけられたり、諸般の事情で世話ができないような時に一時的にお預かりしている。

「こんないいところに泊めてもらえて本当に幸せ」

と言うのが口癖だ。短歌や俳句をたしなまれる。今でもあちこちの作品展に発表され、それなりの賞をもらっていらっしゃるような知的なおばあちゃんだ。2人の息子さんもとても紳士的で、この母にしてこの子ありという感じの人たちである。老健未来の中ではとても手がかからない優等生の利用者さんでありご家族でもある。

午前3時なのに東さんは薄暗がりの中、週刊誌を読んでみえるようだった。

「あれー里子さん、見つかっちゃった？」

「いいのよ、東さん。だけど暗くない？　部屋の明かりつけておこうか」

「いいかしら？」

「オッケーよ。東さんが寝たら消しておくから」

「ありがとう。明日が心配で眠れないのよね」

「明日、何かあったっけ？」

「ほら、例の福祉課の人がみえる日なのよ」

「あー、そうだったわね」


介護老人保健施設、いわゆる老健は、基本的に要介護1以上が入所対象となる。介護度の判定は主治医（ここの場合は理事長が主治医となる）の意見書と、調査員（ここでは市役所の福祉課の担当者）の調査票を基に、審査会で決定される。そのうちの調査員の調査が明日予定されているのである。

何が心配かというと、調査員の調査結果次第では、要介護1ではなく要支援という認定レベルに格下げされるかもしれないからだ。例えば調査員から、

「胸はえらくないですかー?」

と聞かれると、こんないい所に入れてもらっているのだから、えらいなんて言ったら申し訳ないと思うものだから、

「全然大丈夫よ」

と答えてしまうのだが、本当は1分以上歩くと息が切れてえらくなるのであった。ことごと左様なやりとりにより、調査票の結果は実態よりかなり良い結果になってしまうのである。

昨日のドクターの回診の際に冗談まじりに、

「明日調査員がみえたら、東さんの場合は、ちょっと大げさに『エライ、エライ、動けんよー』って演技した方がいいかもしれんよ」

と言っていたが、本当にそうだ。そうしないとここに居られなくなっちゃうよ、と話したいところだが、

「心配しなくても大丈夫。明日はありのままに話してもらえばいいんだから」

と、ひとまずは諭すことにした。

「ありがとう、これで何とか眠れそうだわ」

「おやすみなさい」

これで、ひとまず定時の見回りは終了したことになる。あとは記事の記録である。ケース記録または支援経過記録と呼ばれるものに、見回り・巡回の主だった出来事を記録していく。病院で言えばカルテのようなものである。これがないと仕事として成り立たない。夜間の様子を、日勤者に申し送ることにより、利用者さんの全体像を共有し、改善をはかり、より良好な介護を目指していくために記録作業は欠かせない。

見回りの様子を反芻しながら、記事をコンパクトにまとめていく。老健未来に来てからは、記録作業は里子にとっては苦にならず、むしろ他の職員への利用者さんを介しての交換日記みたいな感覚で、楽しく行えている。老健未来に来てからはと前置きしたのは、前に勤めていた同じような老健、即ち介護老人保健施設では、この点をリーダーからしつこく咎められていたからだ。この点というのは、

「介護記録は交換日誌じゃないんだから、客観的な事実を書いて下さいよ」

というような注意をほぼ毎日のようにされ、辟易していた。

例えば、

夜半から、以前狭心症で経験したような、にぶい胸の痛みを訴えていたが、

１、２時間で改善した。

と、里子としてはほぼ完璧に記載すると、「夜半ではダメ、何時何分？」「以前の狭心症のような……とか漠然とした記録はダメ」「1時間なの？　2時間なの？　胸痛の持続時間は？」と、ほぼ全否定してくるのである。

始まりがはっきり本人にも分からなかったから夜半としたのに、もの凄く痛いわけではないので、そのニュアンスを伝えるために本人の口述をそのまま書いたのに、仮に狭心症だったとすると、漠然とした胸の違和感や痛みというのが主な訴えであると介護の教科書に書いてあったではないか。だいたい病気って漠然とした症状で、漠然とした経過を辿るものが多いんじゃないの？　まして老人ホームに介護目的で入所されている方に起こる心身のトラブルは病気の前段階の状態のはずだから、そうそう杓子定規に記載すること自体無理がある。

ところがこうした枝葉末節にこだわる細かい流儀が是とされるようになると、介護の本質である「自分自身の大切なおじいちゃんやおばあちゃんをお世話させてもらう」ように職務に従事するという原理原則がうやむやになってしまい、いつの間にか細かく正確に機械のように記録するということが、介護の仕事の中心になってしまっていることがよくある。幸い老健未来では、記録はあくまで快適な介護を遂行していくための一手段である、という当たり前のことが割と徹底していた。

ささっと記録を済ませようと、詰所の机の上に記録用紙を広げた、その瞬間……。

レッドアラーム

「ぎゃぁっ」

という身の毛がよだつような、今までの人生で聞いたことが無い、地底から響いてくるような音というか、声がした。

反射的に里子は8号室に飛んでいった。飛んでいったつもりだが居室にたどり着くまでの時間が恐ろしく長く感じられた。何かは分からないが途轍もなく大変なことが起きたことは容易に想像がついた。

国産杉の引き戸がとても重く感じられた。勢いよく引きすぎたせいか、バーンという乾いた音が施設内に響き渡った。ほぼ同時に、8号室の裏庭に面した窓が閉まるバンという音が聞こえ、2つの音が重なって増幅した。

バババーーン！

掛け布団が床に落ち、右足がベッドから垂れ下がっていた。一体何事であろうか？

背筋にヒヤッとしたものが走るのを感じた。

福井さんの顔に目を転じた瞬間、里子は息が止まりそうになった。両側の口の角から泡が噴き出ていて、右の頬がぴくぴく痙攣し、白目を剥き、手と足の先がぴくぴくと小刻みに震えていた。顔色は真っ青かつ土気色《つちけ》で、明らかに大変なことが起こっているのは分かるが、むやみに慌てても何ともならない。里子は精一杯事態を正確に把握しようと目と耳と頭をフル回転させた。

ぎやぁっと声がして、バーンと音がして、福井さんが泡を吹いて、顔面の血の気が引いている。

「それより呼吸、息してる?」

慌てて我に返り、息をしているのかどうかを確認してみた。はだけた胸が上下に動いているようにも見えるが……いやっ、口の前に手をかざしてみると、ほとんど息が止まっている。

「福井さーん、おーい、おーい……」

呼びかけると同時に、反射的に心臓マッサージ(心マ)を始めていた。

「どういうことよ、これ?」

そう叫びながら、あばら骨が折れるぐらいの力で、「いち、にぃ、いち、にぃ」と小声でつぶやきながらリズムを合わせて胸を圧迫した。先生呼ばなくっちゃと、思った瞬間、ブブブーン！　という車の発進音が聞こえた。この時間にこの山奥で北の方向から車の音が聞こえること自体普通のことではない。それに、

「さっき、窓を閉める音がした……ど、どういうことよ？」

窓が10センチほど開いているのである。

「福井さん、ごめん」

とつぶやきながら心マの手を止め、窓を全開にして急いで外を見渡したが、暗闇が広がるばかりであった。

里子には事態が全く把握できない。が、心臓マッサージを続けなくてはならない。窓を閉めて、ベッドサイドまで飛び跳ねるようにして戻り、圧迫を続けた。

ぎゃぁっと声が聞こえて、居室内からバーンと音がして、福井さんが泡を吹いて、息が止まりかけていて、そして窓が開いていて……急いで閉めた窓をよく見てみると、鍵近くのガラスがほぼまん丸に切り抜かれているではないか。

さすがの里子も認識せざるを得なかった。

「これは事件だ。でも何の事件だ？　なぜ福井さんの息が止まりそうになってるんだ？　窓に穴が開いているんだから、誰かが侵入したことは分かる……」

思いっきり間断なく胸骨の圧迫を繰り返しながら、

「福井さーん、分ーかーるー？　聞こえるー？」

　と声をかけ、

「先生呼ばなくちゃ、いや応援が先か……福井さん、ちょっと離れるよー」

　意識が無く、聞こえているとは思えないが、里子はそう声をかけ、心マの手を休め、隣のユニットとの間にある通路の方へ、全速力で走りながら、

「石田さん、ちょっと助けてー」

　と大声で叫ぶと、隣のユニットの詰所にいた石田が、

「何よー、どうしたの？」

　と答えた。

「とにかく、来てー」

　と応援をお願いし、踵を返して全速力でグリーンユニットの8号室に戻り、心マを再開した。

「里ちゃんどこー」

「ここよーここ、8号室ー」

「一体どうしたのよー」

　息を切らして入ってきた石田が尋ねると、

「息止まりかけているのよぉー、とにかく先生に電話したいんで、心マちょっと代わってもらえるー？」

「オッケー、オッケー」

石田としては事情が全く分からないが、今はそんなことを確認している余裕はない。

心臓マッサージを代わると、里子はユニットの詰所の電話に飛びついた。短縮メモリーの1番、即ちこの老健の理事長で隣接するクリニックの院長でもある大沢をコールした。

プルルルー、プルルルー……

電話の呼び出し音が永遠に続くように感じられた。

「もしもし、大沢だけど？」

さすがに眠そうな声であった。

「すぐ来て下さい！」

「えっ、どうした？」

大沢の声のトーンが変わった。

「心肺停止です！」

「誰がー？」

「福井さん！」

「どう……」

多分「どうして？」と聞こうとしたのだろうが、里子はそれを遮り、

「とにかく先生早く来てー！」

と叫び、8号室に飛んで帰った。

石田は心肺蘇生を続けながら、戻ってきた里子に聞いた。

「福井さんって、調子悪かったんだっけ？」

「違うのよ。心マ代わるよ」

「向こうは落ち着いているから、大丈夫よ」

向こうというのは、石田の担当のブルーとピーチユニットのことである。

「突然ぎやぁっと声がして、そこの窓が壊されていて、何だか大変なことが起こったことは分かるんだけど……」

「窓が壊されてるって……あれーー？　何よこれー。ガラスがくり抜かれているじゃなーい」

心臓マッサージをしながらなので声が揺れている。

「先生、早く来ないかしら」

そう里子がつぶやくとほぼ同時に、大沢が入ってきた。

「どうした！」

「息止まっています！」

里子が答えると、

「そんな状態悪かったか、福井さん」

そう言いながら、石田から心臓マッサージを代わり、さらに話を続けた。

「結構歳いってみえたで、まあいつ急変してもおかしくないかも知れんけど……」

言葉を続けながら、右手で圧迫を続けつつ、左手でポケットから聴診器を取り出した。

「医務室から、酸素ボンベと心電図モニター持ってきてー！　場所分かる？」

「はい、分かります。私が持ってきます」

そう応えて走り出す石田の背中越しに、

「あとさー、松本さんに来るように電話してくれるかなー」

と投げかけた。松本は待機当番の看護師である。

「分かりましたー」

大沢は心臓マッサージを続けながら、里子に詳しい事情を確認するべく顔を上げる

と、同時に里子は、

「大変なことが起きました。いや、起きてます。多分……」

と言った。怪訝な様子の大沢に、

「窓が割られてるんです。あそこ……」

と続けた。脈絡のない言葉に首を傾げていた大沢であったが、ソフトボール大にくり抜かれた窓を見た瞬間に、

「警察だ、警察呼んで！　１１０番……いや、ちょっと待った……」

周りをグルーッと見まわしながら、状況を整理するように、里子に尋ねた。

「誰かが外から侵入してきて、こうなったってこと？」

「そういうことになると思うんですが……」

一瞬心マの手の動きを休め、聴診器で胸の音を確認しながら尋ねる。

「何か、いやいや、誰か見た？」

「見てませんが、おかしな物音がして……」

「おかしなって？」

「ぎやぁっという声がして、バーンと窓が閉まる音がして、車が走り去って……そう言えば、これは関係ないかもしれませんが、少し前から外でおかしな物音とかしてた

んです」

　モニターを持ってきた石田に大沢が、

「付け方分かる？　下のかごの電極パッド出してくれる？　うんそれそれ。そして心マ代わって……」

　と指示を出し、ささっと電極パッドを胸に3ヶ所はりつけ、電極を繋いだ。

「あかんなー。……松本さん待っとれんで、挿管するぞ。2人手伝ってくれるかぁ」

　そう言いながら走り去り、医務室から挿管用の道具一揃えとAEDを持ってきた。

　大沢は手早く挿管チューブを取り出し、スタイレットというチューブの芯になる金属の細い棒をセットすると、先端に表面麻酔のゼリーを塗りながら、

「肩枕入れてぇ！　あの、そうそう、その枕、肩のところに入れてくれるかなー。……オッケーオッケー。そしたらさぁ、合図したら、石田ちゃん、これ渡してくれるかぁー。里ちゃんはそのまま心マ続けてぇ……」

「はいっ」

　里ちゃんなんて、大沢から言われたのは初めてだった。大沢はアンビューバッグを取り出し、バッグのお尻の部分に酸素のチューブを繋ぎ、ビュー、ビューと10回ぐらいバッグを揉んだ後、

「よーし、いくぞー」

と言いながら、喉頭鏡で気道を展開した。

「見にくいなー。石田ちゃん、軽く喉ぼとけのところ押さえてくれるかー」

「ここですか?」

「そうそう、オッケー。じゃあーチューブちょうだーい」

と、左手の喉頭鏡で気道を展開し、腰を落としたまま声帯の辺りから目を離さないようにして、右手を石田の方へ差し出した。大沢は気管チューブを受け取ると、グイ、グイ、グイと気道に押し込んだ。

「抜いてぇ!」

「えーっ?」

「スタイレット、この金属の棒」

大沢は気管チューブの中に突っ込んであるスタイレットを、顎でさし示した。

「おーそれそれ、抜いてー! よし、オッケー。……そしてそこの5ccの注射器取ってー!」

注射器を受け取ると、チューブが抜けないようにするために、先端付近についているバルーンに空気を注入した。

「よーしと。そしたら、ちょっとここ持っといてくれるかー」

そう言い、挿管チューブが口から出た辺りを石田に持たせ、チューブを噛んでもつぶれないようにするための、ゴムの筒のようなバイトブロックと一緒に、チューブをテープで口の角のところにぐるぐる巻きにして張り付け、そして素早くチューブの先にアンビューバッグを繋いだ。

「ひとまず、これでオッケー。石田ちゃん、バッグ揉むの代わってもらえるかなー」

どうやら、大沢はこういう急を要する事態の時には、オッケーを連発するようだ。そして同時に、相手をちゃん付けで呼ぶようで、石田もちゃん付けで呼ばれたのは初めてであった。

引き続き、大沢はポケットから携帯電話を取り出し、119番に連絡する。

「火事ですか？　救急ですか……」という消防指令センターからの問いを遮るように、

「救急です。大沢クリニックの大沢だけれども、当方の老健の入所者で89歳男性、心肺停止に近い状態、今挿管をしたところです。……えーっ？　病状？　……狭心症の既往はあるけれども……そういう状況じゃないんです。……とにかく、私が同乗しますから……ハイ、そうして下さい」

と言って電話を終えると、

「さーてと、何でこんなことになった？　……一体、誰に何されたっていうんだぁ？」

　とつぶやきながら、胸とおなかをはだけ、外傷の痕を確認しようとしたところに、呼び出しを受けた看護師の松本が入ってきた。

「あーちょうど良かった。松本さん、ルート確保してもらえるかなー」

「分かりました」

　と言い終わらないうちに、医務室へ向かい、点滴の用意をして戻ってくると、素早くルートを確保した。そして、全身をチェックしている大沢に、

「先生、クビ！」

　松本が叫ぶように声をかけた。

「んっ？　クビ？　……あれーー、さっきは見えんかったけど……これ圧痕じゃん！　圧痕というより絞扼痕《こうやくこん》かぁ？」

「何ですか？　こうやくこんというのは？」

　里子が心臓マッサージを続けながら尋ねた。

「ほら、ここ見てごらん。首のところ、筋状に紫色になっとるやろ……。里子さん、腕疲れたやろ？　松本さん、心マ代わってあげてもらえる？」

「はい、分かりました」

「警察と家族に連絡せなあかんけど……まつもっちゃん、ちょっとストップ」

里子に代わって心臓マッサージを始めようとしていた松本を制止し、大沢は心電図モニターを覗き込んだ。

「ちょっと、難しいかもしれんなー。……よし、まっちゃん、心マ続けてぇ。……警察よりまずは家族やなぁ……。息子さんって最近面会に来てみえる？」

その質問に、里子と石田は顔を見合わせた。

「先生、知りませんでしたっけ？　福井さんの息子さんはお父さんとは犬猿の仲で、1年ほど前に面会にみえた際に大喧嘩して、というより息子さんがお父さんに大声で罵声を浴びせて、あまりに長く続くので見るに見兼ねて職員が止めて、あれ以来一度も面会には来てみえないですよ」

里子がそう説明した。

「そうかぁ、でも連絡はまずは息子さんやな？」

「そうですね」

アンビューバッグを揉んでいる松本が応えた。

「里ちゃん、家族の電話教えてくれるか？」

「はいっ」

里子は詰所から連絡票を持ってきて、福井さんの息子さんの携帯電話の番号を告げた。

大沢はやはり詰所の電話は使わず、携帯から電話をした。

プルルル、プルルル……

「福井さんですか？　未来の、いや老健の大沢です。お父様が心肺停止に近い状況です。詳しくは後でお話ししますから、お出で下さい。……はい、そうです。救急車を呼びましたが、それまでもつかどうか……。気を付けて急いでお出で下さい」

「松本さん、代わるわ」

松本と交代してアンビューバッグを揉む大沢に、里子が尋ねた。

「先生、どんな感じでしたか？」

「確かに、なんか変な感じだったなー」

「変なっていうのは？」

点滴の刺入部を固定し直しながら看護師の松本が聞いた。

「なんか、こう、他人事《ひとごと》っていうか……それでどうしたの？　って感じで……しかしその割にはえらい息が荒くて……。電話口でも分かるぐらいに『はーぁはーぁ』って感じで……。でも口調は妙に落ち着いていて、違和感あったなー」

「松本さん、またこっち代わってもらえるかなぁ」

大沢は松本にアンビューバッグを預け、自分は心臓マッサージの方に移動した。

「やっぱり、だめかー」

圧迫を再開する前にモニターを確認し、そうつぶやいた。

「ＡＥＤ、どうしましょうか」

松本が尋ねた。

「多分反応しないと思うけど一応やってみるか」

大沢は赤いＡＥＤのケースからパッドを取り出し、素早く胸の2ヶ所にとりつけ電源を入れた。

「シバラクオマチクダサイ」

というアナウンスに続き、すぐに、

「デンキショックハフヨウデス」

という音声ガイドが流れた。

「ほとんど止まっとるもんなー。無理だわなー」

大沢は心臓マッサージを再開しながらそうつぶやいた。

ピポーピポー……

「ミギヘマガリマス」

救急車の音が聞こえてきた。

ピポーン、ピポーン。

モニターのアラームも赤く点滅しながら鳴り続けている。

「先生、サチュレーション70パーセントです」

「分かってる、分かってる。それより、玄関開いてる？　里子さん、救急隊案内してもらえる？」

間もなく、里子に案内された救急隊員3名がストレッチャーやら酸素ボンベを持って入ってきた。時計は午前4時少し前を示していた。あっという間に感じたが、処置を開始して40分ほどが経過していた。以前に2、3回会ったことのある救命士に対して大沢が説明した。

「見ての通り挿管して蘇生してるけど、難しそうですわ」

「そのようですね。心拍は？」

「こんな感じで、ほとんど無し」

大沢は心臓マッサージの手を止め、モニターの画面を見るよう促した。3、4秒に

1回、心電図の波が出現する程度であった。

「どうしましょうか？」

救命士が確認した。

「もう間もなく家族が見えるはずですから、ちょっと待って下さい」

ここから基幹病院までは救急車で飛ばしても20分ほどかかる。その間もつかどうかも分からない。

間もなく福井さんの長男のお嫁さんが到着した。

「主人は少し後に来ますから……」

「ご覧の通りで、非常に危ない状況です」

大沢はアンビューバッグを揉みながら話した。

「はい。主人から聞きました」

「ご主人はどのくらいでお出でになれそうです？」

「シャワーを浴びて、身支度を整えて、10分くらいかかると思います」

大沢は、この状況でシャワーを浴びてから……ということに違和感を覚えた。里子と看護師の松本も顔を見合わせ怪訝そうな表情をしていた。心拍が停止しそうで、救急隊を待たせていて、しかもこうなった経緯を説明しなければと思うと、一刻も早く駆けつけて欲しいところであった。

思ったよりは早く2、3分後に長男が到着した。白いワイシャツの一番上までボタンを留めた息子さんが、かすかにシャンプーのにおいを漂わせながら入ってきた。

開口一番、

「もういいです、先生、延命処置は不要です」

と言った。

「確かにご覧の通り……。松本さん、ちょっとこっち、代わってくれる?」

大沢は看護師の松本にアンビューバッグを揉むよう指示し、自身は福井さんの右側にまわり、胸骨圧迫をする前に左手を福井さんの胸に置き、右手で心電図を指差しながら状況を説明した。

「ご覧の通り、心臓マッサージをしないと、ほとんど心臓は止まった状態です。わずかに……」

「もう結構です!」

大沢の言葉を遮るように、福井さんの息子さんが叫んだ。その叫び声は何だかその場の雰囲気にはそぐわない感じだった。

「ただ……」

大沢は、結構ですと言われたものの、心臓マッサージを続けながら話を続けた。

「異常な状況なんです」

息子さんに代わってお嫁さんが小首を傾げながら尋ねた。

「とおっしゃいますと？」

「大変申し訳ないことなんですが、というか、ご覧のように取りあえず蘇生に手いっぱいで整理ができてないのですが……。そこの窓が割られてますでしょう。誰かが1時間ほど前に窓をくり抜いて、鍵を開けて侵入したんです。この部屋に」

「ど、どういうことですか？　だ、誰が何のために？　ど、どうして？」

お嫁さんが疑問に思うのも当然の話である。義父の福井さんはお金を持っているわけではないし、この部屋に窓を割って不法侵入するメリットなど考えられない。

大沢は心臓マッサージを片手で続けながら、空いた方の手で首を指差し、

「首のところ見ていただけますか。紫色になっているでしょ？　筋のような痕がついていると思うんですが……首を絞められた痕にしか見えないんです……」

「えーーっ？」

お嫁さんが大きな声を上げた。この間、静かにうつむいて声を発しようとしない息子さんに向かって大沢が、

「顕《あきら》さんでしたっけ、お名前。この後もちろん警察にも連絡をせないかんのですが、まずはお父さんの命のことです」

顕とはこの息子さんの名前である。静かに相槌を打つ顕に大沢は話を続けた。心臓マッサージをしながらのため、声が微妙に揺れて聞こえづらかったのだろう。

「いのちのこと……?」

顕が聞き返した。

「えー、先ほども申し上げたように、ほとんど心臓も呼吸も止まっている状態です」

「はい」

「救急隊も待機してくれているので、このまま総合病院まで搬送するか、それとも……」

「もう十分です!」

思わぬ大きな声が部屋の外まで響いたため、待機していた救急隊の救命士が中を覗き込んだ。

「もう十分です、本当に。それから警察への連絡も結構です」

さすがに、そういうわけにはいかない。

「不法侵入、そして殺人未遂あるいは殺人ということになるんでしょうから、連絡はしないわけにはいきません」

「さ、さ、殺人？」

お嫁さんの方が戸惑いの声を上げた。戸惑いは当然のことであるが、大沢としては今、福井さんの命が風前の灯火となっている状況、即ち気道に管が入り、人工呼吸を行い、そして心臓マッサージで辛うじて命を繋いでいる状況を、どちらに進めるか判断すべきだと考えていた。即ち救急車に乗せて基幹病院まで送り届けるか、それともここで手を止めて死亡宣告をするかだ。その判断は様々な状況を総合的に勘案し、蓋然性の高い方を、家族とともに選択するのが一般的である。しかし、今回のようなケースは大沢にとっては初めてのことであり、心肺蘇生を止めるべきか否か、判断の拠り所がない。

「警察への連絡はさておくとして、先ほども申し上げたように、ほぼ心臓の動きが止まっている状況で……」

「先生、主人も申し上げたように、もう十分だと思います。ねっ、あなた？」

息子の顕はややそっぽを向くようにうなずいた。大沢はもちろん里子も松本も石田もそのしぐさに若干の違和感を覚えたが、そんなことより、息子さん夫婦からの延命処置中止の要請に対して、大沢がどのように答えるのか、皆固唾を呑んで見守った。

「確かにご高齢ですし、少なくとも、もとのように回復する見込みはないと言わざるを得ませんが、経過が経過なので、もう少し何とか……とも思うわけですが……」

「いいと言ってる！」

先ほどにもまして強い顕の口調に、さすがの大沢もたじろいだ。他の皆も、ビックリして飛び上がった。

「分かりました……。ただ、大変申し訳ないんですが、申し訳ないというのは、当方が管理しているこの施設に何者かが侵入したということで、そしておそらくその侵入者がお父様の首を絞めてこういう状態になったことに関しては、当然警察に連絡せねばなりません。医師法上の義務もあります。そこはご理解下さい」

「分かりました。ねぇ、あなた、それは当然よね？」

「死んだのなら、どちらでもいいけれど……」

ふてぶてしい口調で顕がつぶやいた。大沢はそのつぶやきには耳を傾けることなく、お嫁さんの返答を聞き届けた上で、静かに心臓マッサージの手を止め、松本にも人工呼吸をストップするように、手で合図をした。

心電図モニターの波形もそれとほぼ同時にフラットとなり、表示ランプが赤く点滅しピポーンピポーンというアラーム音が鳴り響いた。

「ご覧いただいているように……」

大沢はモニターのまっすぐになった基線を指差しながら、

「……残念ながら、ご臨終です」

と告げた。いつもなら、老健未来で利用者さんが亡くなられた場合、即ちあまり好きな言葉ではないが、看取りを行った場合、この後に「大往生だと思います」と言葉を添えるのだが、今回はそんな状況ではない。死亡宣告とほぼ同時に大沢は気管チューブを抜いた。

お嫁さんの方が、ワーッと泣き崩れた。大沢は、義理のお父さんに対してこのように素直に感情を発露できるということは、それなりに良好な関係だったんだろうなと感じた。が、大沢以外はそれと対照的な長男顕の姿・表情に、何とも言えない違和感を覚えたのであった。顕は肩幅の2倍くらいに足を開き、手を両腰にあてがい、決して父親の顔を凝視しようとせず、斜め右上の天井を見つめ、そしてその唇には笑みをたたえているようにも見えた。その形相は、今のこの状況にはあまりにも不似合いであった。

里子は思った。息子さんはきっと、お父さんのことを今でも恨んでいるんだろうな。自分にも母親にも暴力を振るわれて、大酒飲みで、不倫で新聞沙汰にもなって、人生めちゃめちゃにされて……。そう考えると、臨終を告げられた時の、顕の形相も理解できないわけではない。大沢はその辺のところを気に留める様子もなく、仁王立ちをした顕の顔を覗き込むようにして、

「本来なら、この後葬儀屋さんを呼んでいただくことになるのですが、先ほど申し上げたように、異状死体として警察に連絡を取り、検死になると思います」

そう説明した。

「承知しました。それにしても、誰が、なぜ……」

とお嫁さん。

「そんなの要らないですけどねぇ」

と顕。この期に及んで、警察への連絡は不要だと答える様子に、さすがの大沢も不快感を覚えた。

大沢は所管の警察署に、医師として医師法に基づき異状死の報告をするとともに、施設を経営する理事長として、殺人事件の可能性がある旨を、電話にて連絡した。応対に出た担当の刑事も、

「異状死とのご判断ですので、検死官とともに伺いますが、老人ホームに何者かが侵入した形跡があって、扼痕があるというのは、失礼ですがにわかには理解しがたいの

ですが、いずれにしてもそちらに伺いまして、詳しくはお聞かせいただきたいと思います」

言葉は慇懃であるが、明らかに不審感を抱いているような様子であった。まあしかしそれは尤もであって、老健の1室に何者かが侵入して、絞め殺すなどということは前代未聞であろうし、金品を居室に置いていることなどないため、強盗殺人などは起こりようがないのである。

大沢が福井さんの居室に戻ると、看護師の松本を中心に、心電図モニターを外し、ご遺体の整容を始めようとしていた。

「松本さん、多分現場を可能な限り保存しておいた方がいいと思うので、今回はそのままにしておいて」

と大沢が声をかけた。息子のお嫁さんは部屋の外で待機、息子さんは少し離れた場所で、所在無げに窓から外をぼんやり眺めていた。山際から薄く青白い光がグラデーションをなして立ち上がり、空は夜明けを告げていた。

老健未来は基幹警察署から遠く離れた中山間地域にあるため、警察がやってくるまで1時間程度を要した。地元にも駐在所はあるが、よく制度は分からないが常駐しているわけではない。警察官がやってくるまでの1時間がもの凄く長く感じられた。その間、グリーンユニットの詰所で、大沢はカルテに、介護士・看護師はそれぞれの記録用紙に、深夜起こったことや行ったことをいつもより念入りに事細かく記録した。

「それにしても、誰が何のために……」

大沢がつぶやいた。

「訳が分かりませんよねー」

里子が応じた。しばらく、また黙々とそれぞれの記録を行い、最初にカルテの記録を終えた大沢が腕組みをし、深く椅子に腰かけながら、

「それにしても、一体どういうことなんだろー?」

混乱したような様子で繰り返した。その様子を受けて松本が、

「先生、お気付きになりませんでしたか?」

「えっ、何を?」

「福井さんの息子さん」

「息子さんがどうしたの?」

「汗べたべただったじゃないですかー」

「そりゃあ、汗ぐらいかくでしょう」

「いやー、尋常じゃない汗だったですよ」

「シャワーを浴びてきたって言ってたし、そのせいなんじゃない？」

看護師の松本が珍しく執拗に食らいついてきた。

「先生、だいたい今すぐにでも親の息が止まりそうっていう時に、シャワー浴びますか？」

「まあ確かに……」

「それに、私にはおみえになってからの様子が普通には見えませんでした」

「それは僕も感じたけど、だからどうだって言うの？」

「それは……」

午前6時半、パトカー1台と黒っぽいワゴン者に乗って、制服と私服の警察官4名が到着した。

「責任者の方ですか？」

私服の警察官が、白衣姿で出迎えた大沢に尋ねた。

「はい、そうです。理事長の大沢です」

「大沢先生ですね、○○署の井上です。早速ですが、現場というか、お部屋に案内していただけますか」

「こちらです」

「えーっと、靴はこのままで……？」

バリアフリーになっているため、境がはっきりしないので分かりにくくはあるが、下駄箱が置いてあるので見れば分かる。警察官も事が事だけに、急《せ》いているのであろう。

「一応、スリッパにお履き替え下さい」

すでに起床し共有スペースの椅子に腰かけている2号室の森さんの前を軽く会釈をして通り過ぎ、警察官たちは福井さんの居室に入っていった。森さんはさして驚く風もなく、泰然とその様子を見守っているようであった。

「…………」

窓ガラスが割られ、高齢の男性が息を引き取っている状況に、凄惨な現場を見てきているはずの刑事たちも、その異様さに一瞬言葉を失ったようだった。老人ホームで発生した不可解な事件の把握に混乱をきたしているような様子であった。

「第一発見者はどなたでしょうか？」

「はい」

里子が軽く右手を挙げて、そう答えた。

「第一発見者というよりは、彼女が夜勤をしていましたので、巡視の際におかしな音がして、駆けつけたら……というようなことだったようです」

その後、建物内外の鑑識、遺体の検死などと同時に第一発見者の里子、理事長兼隣接するクリニックの院長でもある大沢、及び家族への事情聴取が、別室のミーティングルームを利用して行われた。


最初に事情を聴かれた里子は部屋から出てくるなり、大沢及びその場にいた石田に愚痴をこぼした。

「最初はまるで犯人扱いよ。事故か虐待と決めつけてみえた感じ……」

「それで大丈夫だったの？」

石田が尋ねた。

「こちらとしては、事実をありのままに時間を追って、お話をしただけよ」

確かに老人ホームで、病気以外で命を落としたとなると、事故や虐待を真っ先に疑ってかかるのは当然のことと思われる。しかし、里子の話しぶりや物腰を見れば、刑事さんも少なくともこの人が手を下すようなことはないだろう、ということはすぐに分かったはずである。

「ところで、福井さんの息子さんのことは話した？」

石田が聞いた。

「息子さんのこと？」

「ほら、様子が随分おかしかったじゃん」

「でもさー……」

里子の言葉を引き継ぐように大沢が続けた。

「そりゃ、父親がこんな具合で亡くなれば、誰でも動揺するでしょ」

「先生、そういうことじゃなくて……」

石田が反論するように続けた。

「……松本さんが言うように、お父さんが危ないっていうのにシャワーを浴びてから駆けつけたり、先生が警察に連絡するのを拒んだり、何かおかしくなかったですか？」

「そう言われればそうだけど……だからって……」

「まあそうなんですけど……普段からお見舞いにみえたこともなくて、1年ほど前は大声で怒鳴り散らして帰られたり……」

石田も執拗に大沢に食らいついた。

「うん、その話は2、3回聞いたけど、わざわざ電話をして僕の方から注意を申し上げるまでには至ってなかったと思うけど」

「先生、確かに1年ほど前に面会にいらっしゃった時の様子は尋常ではなかったですよ」

　里子が助け舟を出すように口を挟んだ。

「それこそ、首でも絞めかねないような雰囲気だったですもん……。あの人、クロでしょ、きっと」

　さすがに言い過ぎたと思ったのか、石田は途中で手を当て口をつぐむようにした。ミーティングルームから出てきた井上刑事にそのやりとりが聞こえたようで、

「首でも絞めかねない、とは穏やかではない話ですねぇ……。福井さんの息子さんというのは、先ほどお部屋の外にいらっしゃった方ですよねー？」

　と尋ねると、石田が答えた。

「ええ、そうです、そうです」

「今はどこにいらっしゃいます？」

「一旦、家に帰られたはずですが……」

　里子が答えた。

「自宅に、ですか？」

「ええ。奥様はあちらで先ほどから電話してみえましたが……」

ホールで携帯電話を片手に行ったり来たりしている福井さんの長男のお嫁さんを指差した。

「……午後には帰ってこられるって言っても、普通の亡くなり方じゃないわけだから……」

どうやら夫と話しているようであった。刑事はお嫁さんの方に近づくと、両手を合わせるようにして、声をかけた。

「福井さん、ちょっとよろしいですか？」

「はい」

電話の口元を押さえるようにして答えた。

「ご主人ですよね、お電話？」

「はい、そうです」

「ご主人、お名前は何とおっしゃるんですか？」

「顕といいますが……」

「お願いがあるんです。今すぐご主人に現場、いやいやここへお出でいただくよう、お伝えいただけませんか」

言葉は丁寧であったが、語気が強く命令口調であったため、お嫁さんも驚いた様子であった。

ブラック

福井顕は、県職員の父忠司と病院の事務職員であった母のもと、東京オリンピックの年に生を享《う》けた。顕は以前、母親の育児記録を見せてもらったことがあるが、母と父のそれぞれの字で名前の候補が30ぐらい書かれていた。それぞれの由来や何だかおかしなイラストも付記されていて、長男への愛情や期待が垣間見えるほのぼのとしたものであった。

左様に、小学校の低学年までは平凡ではあるがそれなりに幸せな家庭環境で育てられたような記憶がある。それが徐々に崩れていくきっかけとなった一つは、父親の飲酒であった。元々それほど飲める口ではなかったようだが、県庁勤めのお役人にはいつの時代においても相応のストレスがかかっている。忠司も真面目な性格が故に、ご多分に漏れず日々少しずつ少しずつストレスが堆積していくため、それを紛らわすべく小瓶のビールを晩酌にほぼ毎日たしなむようになったのが、顕が小学1年生の頃だったと思う。小瓶が大瓶に変わったのが小学3年生の頃だったろうか。なぜ覚えて

いるかというと、

「中村屋で今日はエビスビールの大瓶を買ってきてくれんか」

と父親に頼まれ、買ってもらったばかりの自転車のかごにビールを乗せて、なるべく泡が立たないように自転車をこいで帰った思い出が明確に残っているからである。それなりに幸せであったような気がする。父親に頼まれて瓶ビールを買ってくることの何が幸せかと聞かれると、それはうまく説明できないが、でもなんだか嬉しかった。

しかし家庭的なぬくもりが感じられる記憶は、一旦その辺で終息する。晩酌のビールが2本になり、やがてそこに日本酒の熱燗がつき、それがやがて2本になる頃には、それに比例するかのように母親への暴力がエスカレートしていった。顕が小学6年生になる頃には、母親への暴力はほぼ毎日となった。毎日長時間にわたり酒を飲みながら、母を殴る、罵る、怒鳴る……。帰宅後から寝るまでの間ずーっとであるから、およそ4、5時間にわたり、ずーっと夫婦喧嘩が続いていた。夫婦喧嘩という言葉を当てはめていたが、今考えると一方的に父が怒鳴り叩くわけだから、夫婦喧嘩などではなくDV以外の何ものでもなかった。

その合間に、父が顕を呼びつけ晩酌に付き合わせる。晩酌のお伴などというと、徳利を片手に子どもを膝の上に載せ、いがぐり頭でもなでながら、「そうか、今日はホームラン打ったんかー」と会話をする親子の姿が思い浮かびそうだが、そんなものとは程遠い。呼びつけられた顕もそのとばっちりを受けて、なんだかんだと怒られる。やれ成績が悪い、整理整頓をしろ、テレビなんか見てないで勉強をしろ、外に遊びに行く暇があれば本を読め……。しかし遊びになんかほとんど行ったことはない、テレビもそう見ていたわけではない。ただ止めろと言われると余計にやりたくなるという、ほとんど反抗などしたことがないというか、できなかった顕ではあるが、そういうエネルギーは十分に持ち合わせていた。がしかし、全て抑えつけて生きていた。

テレビを見たり遊んだりの時間なんかよりも、その何倍も時間が取られていたのは、父の酒の付き合いだ。酒の付き合いといっても、「おーい、あきら～」と呼ばれて、ただただ夫婦喧嘩（父はそう呼んでいた）という名の母親へのいじめ、ＤＶに延々と付き合わされた。自室で勉強しようとすると「おーい」とまた呼ばれ、「勉強しとるで」と口答えしようとすると、「なにー」と殴られる。「おまえ、勉強とか言って寝てばかりやないかー」と言って殴られ、さらに二言三言ぶつぶつ言われもう1発殴られる。少しほとぼりが冷めた頃を見計らって自室に帰ると、母が殴られて、その泣く声にいたたまれず食卓に戻るが、意見など言える余地はなかった。そんなこと言おうものなら、自分も母も殴り倒される。じーっとほとぼりが冷めるのを待ち、自室に戻っても、父母の口論、いや、やはりＤＶと言うべきだろう、が続く。そのうちに母からも、叫びに近い声で「あきらー」と助けを求められて食卓に戻るが、やはり黙ってうつむくばかりで、また殴られる。しまいに顗の目にも涙が溢れ、その理不尽さにただただ切歯扼腕《せっしやくわん》、臍《ほぞ》を噛んで耐えるばかりであった。

そんな状況で勉強などまともにできるわけがない。かといって外へ遊びにも行かせてもらえない。テレビもほとんど見せてもらえない。好きなことは何もやらせてもらえない。そのくせ父の晩酌という名の酒乱に延々と付き合わされる。

したがって顗にとってこの頃の「家」は地獄であった。家庭に喜びや楽しみは全く存在せず、まさに生き地獄であった。全ての行動は管理され、一挙手一投足まで文句を言われ、些細なことでも殴られた。殴られたといっても主にビンタであり、時々頭を叩かれるが、こちらも平手であった。そこはそれなりに考えていたのであろう、拳骨で殴るのは止めようと。そして父親なりに良かれと思い、教育の一環として殴っていたのだろう。しかし、お酒が入り、そして元々の執着気質が重なり、その判断はもはやまともではなくなり、母を殴り、息子を殴り、自分の都合で拘束した。母は近所付き合いすらまともにさせてもらえず、多感な時期の顗は友達の家に遊びに行くことすら許されなかった。

ある時、母が唯一の楽しみにしていたママさんバレーに行った際に、多分晩酌の準備が足りなかったのだと思うが激怒した父が練習場の体育館に乗り込んだ。いきなりバレーコート上で母を殴ってコートの外へ引きずり出したらしい。らしいというのは、数日後に母親から聞いた話なので、いくらか脚色されていたかもしれないが、概ね本当であっただろうと思う。それは自分も同じようなことがその後何回もあったからよく分かる。最初は中学1年生の時。野球部に入ってすぐの頃に、練習試合が延びて遅くなり、確かナイターの明かりが灯っていたと思うが、遅いからといって父が迎えに来たのである。中学1年生の顕にとってはただただ恥ずかしいばかりであった。迎えといっても何か用事ができて迎えに来たのではない。何だか様子がおかしく、ただの過保護なのか、なんだか変だなーと皆思ったに違いない。父は「帰ったらすぐ勉強！」と言い、顕も「はい」という以外の他の選択肢は持ち合わせていなかった。なぜなら、嫌そうなそぶりをすれば殴られるからである。そうは言ってもそんな状況で家に帰って勉強などできるはずがない。そしていつものように夫婦喧嘩という名前のDVが始まる。

「おい、何で野球なんかやらせるんや」

「でも……」

バッシ！

母が殴られる音である。

「俺は認めとらんぞ」

「みんなやっとるんやし」

バッシ！

口答えをしてはいけないのである。

「みんなは関係ないやろ」

「…………」

「何で黙っとるんや」

バッシ！

結局黙っていても、不満そうな顔をしているからまた殴られる。酒を飲みながらなので、理屈もへったくれもない。しかも大きな声で怒鳴っているので、早く帰って来たって、勉強なんてできようはずがない。そのうちに、

「あきら来ーい」

と呼ばれる。

「勉強しとるでー」

と応えると、バッシ！

母親が代わりに殴られる。

「呼んでこーい」

「あきらー」

母はもう悲鳴に近いものになる。顕は止むを得ず食卓に行く。

「何ー？」

「この前のテスト、まだ来てないのか？」

中学入学時の学力テストのことである。まずいと思った。この頃の父は県庁の教育委員会にいたので、県内一斉に行われるこのテストのことを知っていたのである。

「まだ帰ってきとらんよ」

とは言ったが、実はすでに数学と社会のテスト用紙は帰ってきていて、あまり思わしくない点数だったのである。

「そうか」

その場はそれで済んだのであるが、諦めて5教科全部揃ってから、しぶしぶ父親に見せると、殴られた。こっぴどく殴られた。泣きながら目を腫らしながら、ほっぺたを腫らしながら殴られ続けた。

「それ見ろ。野球なんかやっとるでやろ」

バッシ！

それは関係ないやろ。毎日毎日夫婦喧嘩かなんかしらんが、あんな大声で隣の家に筒抜けの大声で怒鳴り、お母さんや僕を殴りつけておいて何が勉強や！　という思いが頭をもたげかけるが、父親への絶対服従が当然で、そうしないと自分も母親もまた殴られるという恐怖心が健全な反抗心を凌駕する。それに自身の不甲斐なさと、ねじ曲がった自己嫌悪が覆いかぶさり、顕の人格はもはや中学1年生の時に完全にズタズタにされていたのであった。

中学1年生の6月の実力テストの1週間ほど前に、父がプリントを数枚持ってきて、

「これやっとけ」

と勉強部屋に置いていった。勉強部屋とは呼んだが、そこは顕にとっては軟禁部屋みたいなものであった。家へ帰るとずーっと勉強部屋に閉じ込められているようなものだった。

特に中学生になってからはそうであった。父は顕にいい大学を出させて国家公務員にさせたいと思っているようだった。父親自身は三流の大学出で、県庁勤めとはいうものの使い走りのようなものと卑下しているようで、自分の夢を託しているようなと

ころがあった。一度として顕自身の人生や未来について話したことも話し合ったこともなかった。自分の期待をただただ顕に押し付けていただけだった。

何も言わずに置いていったプリントにしぶしぶ目を通していると、どうやら何らかのテストのようで、5教科揃っている。

「ん～……これ何のテストだ？」

少しずつ読み進めていくうちに気が付いた。

「次の実力テストの問題だ！」

というか全国統一の実力テストそのもののコピーであった。顕はその時は、こんなものをどのようにして持って来たんだろう？　などとは全く考えなかった。よーし、これでいい点が取れて、殴られることもない！　としか考えられなかった。

そして結果は500点満点中の、たしか495点だったかと思う。当たり前だ。だって事前にテストを見ているのだから。しかも答えまで父は持ってきていて、何となく居間の机の上に置いてあったから、全部見て覚えてテストに臨んだのだから、できるに決まっている。

顕は一躍校内のヒーローになった。近年稀に見る秀才と持てはやされ、久しぶりに父と母のいさかい、といっても基本的に父からの一方的なDVだが、それが食卓から消え、本当に良かったと思うとともに、この結果は実力によるものではないことを忘れ有頂天になった。

しかし、もちろんそんなものが長く続くはずはなかった。

同学期の期末テストの結果はガタガタだった。とはいっても300人強の生徒中50番くらいだった。そしてやっぱり父親に殴られた。殴られながら、

「あきら！　何しとったんやー。何でこんなに成績落ちるんやー。部活も何もかも全部辞めさせるぞー！」

などと罵倒された。そりゃそうだろう。前回事前に見せてくれた、いや勝手に見せられた出版社作成の実力テストとは違って、各先生が作成した期末テストでは、前回のようなほぼ全て100点なんて取れるわけがない。そして母親も殴られた。

「お前の頭が悪いでや」

と、ビールと日本酒が混ざった、いや～な臭いを漂わせながら、繰り返し殴られた。そして毎日毎日こんな感じの日々が、顕にとって地獄のような、砂を噛むような日々が続いていく。

あなたならどうするだろうか？　次のテストではいい点を取ろうと思ったらどうするだろうか？　一生懸命勉強しようと思うだろうか？　顕は13歳なりにもがきながら

一生懸命頑張った。しかし食卓から毎日毎日父親の怒鳴り声が聞こえ、10分おきに用もないのに呼ばれ、些細なことで殴られ、母親が殴られるところを目の当たりにし、そして勉強部屋から（父親が呼んだ時以外は）出ることも禁止され、疲れてうとうとしていると父親が突然入ってきて殴られる。……もう、尋常さを維持することは困難になる。勉強が思うように捗るわけはなく、喜怒哀楽の感情は完全に枯渇し、友達とまともに交流することすら困難になる。こんな、まともに勉強ができない状態で、次のテストでいい点を取って、少しでも自分も母親も殴られないように、少しでも普通でいられるようにしたいと思ったら、あなたならどうするだろうか？

顕はそうするしかなかった。

次の2学期の期末テスト前に職員室に侵入した。

野球部の朝練の日に30分ほど早めに学校に着いた。確か午前6時50分頃だったと思う。薄暗い廊下を進み、訪問した体を装い職員室の入り口を「トントン」とノックをして中に入り、中1の先生の机が固まっている右奥の方へ足を進めた。

理科の先生の机の上はきれいに整頓されている。一番上の引き出しを開けてみる。ビンゴ！　いきなりほぼ作成済みと思われる2学期の期末テストが見つかった。写真を撮るような余裕も用意もなかったので、だいたいザーッと頭の中で覚えた。

　次の日も、その次の日も職員室に忍び込んだが、収穫は初日の理科のテストのみであった。しかもザーッと見て問題を覚えただけなので、実際のテストではあまり役に立たず、結果も思わしくなかった。理科のみならず全体のテストの点も芳しくなく、前回と同じような順位だった。そして当然のことながら、父親から罵倒され殴られた。そして、

「顕は一所懸命勉強しとるみたいやで……」

　と珍しく口答えというか息子をかばおうとした母親を、いつも以上に執拗に殴りつけた。

「お前がそんなあまいこと言っとるであかんのやぞー」

　地獄である。顕にとっては地獄以外の何ものでもない。しかし地獄はそれでは終わらない。頬が赤く腫れ上がり、涙が止まらなくなっている母親が、

「私、出ていくわ」

　と言って身支度を整えるために食卓を出ていくと、間髪入れず追いかけていって、髪を引っ張るようにしてその場に引きずり倒し、

「出ていけもせんのに、同情買うような恰好だけするなー」

　と言いながら、横腹の辺りに2発ほど蹴りを入れた。さすがに思いっきり蹴っては

いないようであったが、

「あきら～」

母親の助けを求める痛々しい声が耳につく。顕が止めようと近寄ると、いきなりまた殴られた。そして、

「何で勉強に身が入らんのや。反省点を書いてもってこーい」

と酒臭い息を吹きかけながら、また矛先が顕に向けられた。

「反省も何も、ぜーんぶあんたが悪いんや！」

今思えば単にそれだけのことであるが、顕はその時はそうは思わなかった。かといって自分を責めたわけでもなかった。善し悪しの判断をする機会さえ与えられなかった。それは残念ながら母親のせいでもあった。

母親からも、とにかくいい点を取っていい大学に行って。そうしたらこのお父さんのこの惨状も改善するから……という口にこそ出さないものの、無形の圧力を顕にかけられるのであった。母親としても、毎日毎日殴られながら長時間晩酌に付き合わされていれば、正常な判断なんかできるはずがない。取りあえずこの目先の苦しみから逃れられれば何でもいい、顕がいい点を取ってお父さんの気が収まるなら、そうしてくれればいいと思っても何ら不思議はない。当然のように顕も同様に考えた。よーし、

それなら勉強頑張ってやる、と振り絞るように頑張って、それなりにいい結果が出るのであるが継続しない。そりゃそうだろう。そのモチベーションが、いい点を取って、自分や母親が殴られないようにして、おやじが暴れなければいいでは、長続きするわけがない。

したがってその分を穴埋めするかのように、間欠的に早朝の職員室に忍び込むというような歪《いびつ》な学生生活が高校に入学してからも続いた。幸い2、3の幸運も重なり高校はそれ相応の進学校に入学することができた。しかし地獄のような家庭生活にさらなる追い打ちをかけるような事件が起きた。それは父の不倫問題である。不倫というか、今でいうストーカー事件である。

それは正に事件であった。高校1年生のある日の朝、顕が学校に出かけようとしていると、スーツ姿の数名の刑事が顕の家に乗り込んできた。刑事というのは後から聞いた話で、そのまま顕は登校し、帰りは親戚の叔母が迎えに来てくれて、以後10日ほど叔母の家に滞在することになった。家に帰ってから事の顛末を追々母から聞くこととなった。

父は比較的端正な顔立ちで、昔から県庁内でもモテていたらしい。事件の1年ほど前から父は森林課に転属になり、そこで入庁6年目の結婚を控えた女性といい仲になった、らしい……が詳細は分からない。いずれにしても相手が早晩愛想をつかし、その後は父が執拗に無言電話をかけたり、おかしな手紙を送り付けていたらしい。その回数が尋常でないため、その女性が婚約相手に相談し、警察沙汰となったらしい。そして地方版の端っこの方ではあるが記事になるという新聞沙汰にもなった。

最終的には、父の失職により子どもたちが路頭に迷うことを避けるために、母が無言電話を繰り返し、手紙も母が送り付けたということにして、事を丸く収めた――ということを後々母から聞いた。それにより父は2週間あまりの休職と、郡部の建築事務所への左遷という程度のお咎めにとどまることになった。

しばらくは、父は母に頭が上がらずしおらしくしていたが、そんな態度は半年と続かず、1年後には酒量は以前に戻り、母へのDVも前と同じレベルになっていた。自分のストーカー行為についても、「お前がこんな風だから、仕方なく浮気した」みたいなことはぬけぬけと言い放つようになっていた。

顕が高校2年生のこの頃、初めて父への殺意が芽生えた。死ねばいいとずーっと思ってはいたが、自分の手で殺《あや》めることができないかと思ったのはこの時が初めてだった。殺意が芽生えたといっても、ちらっとそんな思いが頭をよぎっただけで、それ以上のことを画策するほどのエネルギーは持ち合わせていなかった。

これ以降は、顕にとって日常は砂を噛むようなただただ辛いだけの日々となった。もはや勉強などできるはずがない。しかし成績が悪ければ、母とともに罵倒され殴られるから、テスト前になると職員室に忍び込んだ。顕にとってはそれしかやりようがなかった。

しかし2年生の秋にとうとう見つかった。几帳面な数学の先生が、時々引き出しの中の筆記用具の位置が前日と変わっていることに気付き、ある朝早くにこっそり隣室で見張っていたのだ。顕はいつも通り、そーっと職員室に忍び込み、3、4日後の中間テストが仕舞ってあるだろう場所を漁った。数学の先生の引き出しにはそれらしい痕跡はなかった。しかし隣の物理の先生の机の右上2番目の引き出しに、次の中間テストの原本らしきものを見つけた。そーっと取り出し頭に叩き込もうとした。しかしこの頃の顕では、問題自体の意味がもはや分からない。したがっていくら盗み見したって点にはほとんど全く結びつかないわけだが、そうするより他に顕にできることはなかった。テストの本質や学問のありようとか、そんなことはどうでも良かったし、考える余裕すらなかった。

一部をメモして、元の位置に戻したところで、ガラガラとドアを開く音がして数学の先生が入ってきた。が、あまり驚かなかった。いつかはばれると思っていた。先生と目が合った瞬間、今まで味わったことがない不思議な感情であったが、とても安心した穏やかな気持ちになった。これで救われると思った。が、それは幻想であった。次の瞬間、確か50歳くらいだったと思うが、数学のその教師からビンタが飛んできた。

バシッ！

「何やっとるんじゃ。不法侵入やぞ、君のやっとることは。それに……」

と口を噤《つぐ》んだのは、その教師も何のために物理の教師の引き出しの中のプリントを盗み見してメモしているか、咄嗟には分からなかったのだろう。

顕としては、ひょっとしたら顕の家庭での窮状を、これで皆が分かってくれるだろうという漠然とした淡い期待みたいなものがあったのだが、「バシッ」というビンタの音とともにそれはあえなく崩れ去った。しかしそれは当たり前だった。殴られて当たり前だと思った。

その後、顕は1週間ほど停学になった。父にどれだけ怒られたか、もしくは殴られたかは、どういうわけか覚えていない。意外にその時は殴られなかったような覚えもある。停学明けからその後の高校生活は惨憺たるものであった。父の飲酒量はさらに増え、それと比例するように母及び顕への言葉と暴力によるＤＶは拍車がかかり、顕の人格は崩壊寸前となっていた。いやとっくに壊れていたのかもしれない。

そんな風では、結局当然のごとくどこの大学にもひっかかることなく、浪人することとなった。ご主人が隣町の大手建築会社の社長をしている父方の伯母（父忠司の姉）が、弟の以前からの所業をよく知っていて、甥っ子である顕のことを不憫に思い、「家から出してやらないと、あきちゃん（顕）の人生がダメになる」と、全寮制の予備校の費用を全て工面してくれた。

これらの慈愛により、そこから顕は辛うじてまともな人生を踏み出すことができるようになった。伯母のおかげである、そして伯母に平身低頭お願いを続けた母のお陰でもあった。

予備校に入って顕が真っ先に心掛けたことは「過去を捨てる」ことであった。そうでないと生きてはいけなかった。それまでの自身のアイデンティティを捨てた。それに伴って不都合な記憶の一部も消失することとなった。生きていくためには人間はいかようにも適応できるようだ。

成績も1年でグーンと伸びた。しかし1年前がどん底だっただけに、いわゆる一流大学には手が届かず、世間で言ういわゆる二流大学へ翌春入学した。もう1年浪人させてもらえば目標に達成できるだろうとは思ったが、そんなことは到底父が許さない（と母から聞いていた）。

大学生活はそれなりに充実した日々を送り、卒業後は、父の願う公務員ではなかったが、大手マザーマシーンメーカーの設計部門に就職した。大学時代と社会人の6、7年間と、さらに結婚しての2年間は、岐阜市内で親とは離れて暮らしていた。この間も父のＤＶは変わらず、顕にとっては母親を人質に家に置いてきたような、後ろ髪を引かれるような気持ちがずーっと続いていた。そして母も頻繁に顕に泣きついてきた。しかし泣きつかれてもどうしようもないことばかりであった。

結婚して3年目、それらの事情も勘案して家に帰ることにした。帰るといっても実家から車で5分程度のアパート住まいで、その後、2人の子供に恵まれ下の子が保育園に入る年に、実家の敷地内に父母の住む母屋とは別に、2階建ての離れを建てた。何年経とうが父の執着気質に由来する陰湿なＤＶは治ることはなかった。

さすがに顕に対して手を上げるようなことは大学以降なかったが、母に対しては変わらず手を出した。嫁に対する陰湿さもすさまじいものがあった。幸い負けん気の強い顕の妻は、何度も泣かされつつも、それなりに上手にあしらったり無視をしたり、顕に仲裁を依頼したりして気丈に振る舞ってきた。

顕が46歳、父忠司が83歳の頃から認知症が発現し急激に進行。意欲の低下も著しく、それに伴い筋力低下が進み、いわゆるフレイルという状態となり、84歳の誕生日を迎える日に老健未来に入所したのであった。認知症が顕著になり筋力が低下してからは、寝たきりとなり、手は出したくても出せなくなった。しかし入所してからもわざわざ母を呼び出し文句を言うようなことが数回あった。つい最近は顕の妻を呼び出し、何を言うかと思えば、「結婚式でのあんたのオヤジの態度が気に入らんかったから、ここへ来させろ」みたいなことを言ったそうだ。その場は上手にあしらったようだが、その日の夕食時に顕の前で涙が止まらなくなった。翌日、顕は久しぶりに父に面会に出かけ、こっぴどく叱りつけてきた。しかし、とぼけているかそうでないか不明であったが、父は顕の妻に言ったことをすっかり忘れていた。

顕は井上刑事からの要請を受け5分ほどで再び老健未来へ戻ってきた。

「すみません、お呼び立てして」

非常に丁寧な物腰だ。一方顕の方は、

「いいえ」

とは言ったものの、口調は至ってぶっきらぼうで、どっちが刑事だか分からないくらいだ。

「お仕事なんですよね、これから」

　スーツ姿の顕のいでたちを見て刑事が尋ねた。

「ええ、そうなんですよ……」

　傍にいた妻が代わりに答えた。

「実は今日は会社の社長に同行して、東京の方へ……」

と続ける妻に、余計なことは言うなと遮るようにして、

「で、何でしたでしょうか？」

　顕が尋ねた。

「お父様、お聞きいただいたと思うのですが、他殺の可能性が高いので、色々お聞きせざるを得ないんです」

　それは尤もだという感じで、妻がうなずいた。

「絞殺、即ちお父様は首を絞められて亡くなられたようなんですが、その時間、即ち午前3時から3時半頃になると思うんですが、何をしてみえました？」

　あれっ？　と顕は思った。そうか俺が疑われているんだ……。そりゃー父のことを殺したいと思ったことは何度でもある。中学や高校の時は本当に衝動的にそうしそうになったこともあるといえばある。でもその頃はそこまでのエネルギーは持ち合わせていなかった。地獄のような日々の生活、それは取りも直さず父の所業により為され

たものであったが、それに耐えるのに全てのエネルギーが消耗されていて、自身が生きていく力さえ枯渇してもおかしくない状況だった。したがって父さえいなくなれば……とどれだけ思ったって、もはやそれを実行に移すだけのパワーなどあるはずもなかった。

むしろ結婚してからだ。具体的にどうすれば自然死に見せかけて死なせることができるかと考えるようになったのは。事あるごとにそんなことを考えるようになった。つい最近も、老健に妻を呼び出して、結婚式の際の家族の振る舞いにつきねちねちと責め立てた話を聞いた際も、時々やってもらっている点滴の中に、こそっと何かを入れたらどうなるだろうかと考えたが、何を入れたらいいんだろう？　入れるといっても何を使ってどのように？　だいたいどのタイミングで？　点滴をいつやっているかも分からない。後で検死などされたらおそらく全てばれてしまう……実行するまでの詳細を詰めていけばいくほど、とてもそんなことはできないという考えに至る。決して父に憐憫の情が湧くが故に実行にまで至らずに済んでいたわけではなく、やはり人を殺めるということは、相当大変なことなのである。

親を殺したいと思ったことがない人は幸せであると顕は思う。どうやったら静かに父親を死に至らしめることができるか、自らの正直な感情を否定することなく考え抜くと、いつもある時点で何かがポーンと昇華して、まあやめとこか、という結論に至る。と同時に外面《そとづら》はお堅い公務員でありながら、夜は酒浸りの上、妻に暴力も振るい、若い綺麗な同僚を好きになり、ストーカーまがいの行為をして、その罪を妻にかぶってもらい、それでものうのうと生きていく。人間ってこんなもんかもしれん。自分だってそんなようなもんじゃないか？　という悟りに近い想念が湧いてくるのであった。

決して「父親を大事にしよう」とか、「それでもいいところもあるし」などという殊勝な気持ちになるわけではない。でも現に煩悩のかたまりのような父は存在しているし、自分自身の存在の半分は、遺伝的には確実に父親から成り立っているのである。だから許容しよう、清濁併せ呑んで受け入れる他はないし、それが自然の摂理なんだろう、という結論に至って初めて、父に対する愛情とか感謝の気持ちのカケラが少しだけ、正にほんの少しだけ芽生えたりするのであった。

顕が答える前に、妻が、

「刑事さん、もしかして主人を疑ってみえるんですか！」

夜勤の残務でホールを行き来していた里子の耳に、扉が開け放たれたミーティングルームから、思わぬ大きな奥さんの声が聞こえてきた。

　あれっ、お嫁さんのこんな大きな声聞いたことないなー、どうしたんだろうと思い耳をそばだてた。

「いっいえ、そういうわけではなくて……少し前に面会にみえた際に随分お父様を叱りつけていらっしゃったような話を小耳に挟んだものですから……」

「それは……」

　やはり妻がそれに応えようとしたが、積年の様々の状況を初対面の刑事に短時間で伝えるのはとても困難と考え一瞬口をつぐんだ。が、黙っていてはいけないと思い直し、

「それは、私をかばってのことなんです」

　と応え、舅の忠司が息子の嫁である自分をわざわざ呼び出し、その両親の昔の言動を責め立てたことについて、夫が釘を刺してくれた経緯を説明した。

「なるほど分かりました……ついでにもう一つお伺いしますが、ご主人はこの後お勤めに行かれるのですか？」

　背広にネクタイ姿の顕を見咎めるように尋ねた。虚空を見つめ腕組みをしている顕に代わって、やはり妻が応えた。

「今日、主人は社長と一緒に通産省に行く予定で、数年取り組んできたプロジェクトの総決算なんです」

「そうなんですか、ご主人？」

あまりにもだんまりの顕に刑事は苛立つように確認を求めた。

「ええ、その通りです」

それに妻が続ける。

「こう見えて主人、実はかなり動揺しているんです。でも責任感が強くて……今日の仕事は休めないと……」

「そうですか。動揺しておられるように見えなくて……。それに、最初にここへ来られた際の様子がおかしかったというような話も聞こえてきたもんですから」

微動だにしない顕に代わり妻が応じた。

「この人、こういう時にうまく感情が表せない人なんです。きっと夫が心臓マッサージは要らないとか、警察を呼ばなくていいみたいなこと言った件ですよね」

「警察を呼ばなくていいとは、聞き捨てならんですなー」

「違うんです、違うんです。この人は多分ショックを隠すために、そういうことを言ったりするんです」

一向に表情を変えない顕の顔を覗き込みながら、にわかには信じられないとばかりに首を傾げつつ、刑事は2人に向けて尋ねた。

「単刀直入にお聞きしますが、死亡時刻のというか、誰かがお父様の部屋に入られた……えーっと何時だったたっけ？」

小走りで玄関方向から近寄ってきた、まだ20歳代と思われる若い刑事に尋ねた。

「午前3時半くらいだと思います。それよりも……」

話を続けようとするその若い刑事を遮るように、

「本日未明、即ち午前3時から3時半頃、顕さんは何をしてみえましたか？」

と井上刑事が尋ねると、顕が口を開く間もなく妻が即答した。

「食卓で私と一緒にいました」

「そんな時間にですか？」

「先ほどお話ししたように……」

説明をしようとする妻を今度は顕が制した。

「先ほどから妻が話したとおりでして、今日この後、一世一代のというのは大げさかもしれませんが、大事な仕事が入っていまして、昨日の夕方から今日の未明までずーっと資料作りに追われていた次第です」

「刑事さん、その時間ずーっと私も夫に付き合っていましたので間違いありません！」

ミーティングルームの会話に耳をそばだてていた里子は、やはりそうだったのかと思った。みんな福井さんの息子さんを疑っていたけど、人は見かけによらない。この人は見た目だけで判断してはいけないような気がしていた。

若い刑事が、井上刑事に遮られた話の続きを耳打ちした。耳打ちといっても息が荒いこともあり、ほとんど筒抜けだ。

「先生のご自宅横の物置の側面が黒焦げになって、燃えカスのようなものから煙が出ているんです」

「うん、先生の自宅というのは？」

「ほらあそこです。火は消えていて、煙だけが少し出ている程度なので見えないと思いますが……」

通路の大窓から植木越しに見える瀟洒な白壁の家を指差した。

「あっそうか、先生の自宅もクリニックもこの敷地内なんやな。先生に伝えて……一緒に見てもらおう。知ってみえるんかなー？」

井上刑事はミーティングルームを出ていきながら、

「あっ、そうそう、福井さん……よく分かりました。失礼なことを聞いて……お許し下さい。えーっと、これから仕事に行かれるんですね？」

刑事の背中に向かって顕が答えた。

「さすがに、今日は止めることにしました、部下に行かせます……」

刑事が手を挙げたのに応じ、検死に立ち会っている8号室の大沢を呼びに行った。

「先生……」


焼け焦げた倉庫の辺りを見に行った後、井上刑事と大沢がホールへ戻ってきた。

「そうですか、やはりご存じなかったですか」

「朝、電話で呼び出された時に、今思い返してみると、焦げ臭いようなにおいがしていた気はします」

「何か心当たりは？」

「もちろん無いです」

「夜勤してみえた介護士さんにも、その点を確認してみていいですか？」

グリーンユニットで朝食の準備をしている里子を、刑事は、少しだけということで呼び寄せた。

「実は先生の自宅に火が点けられているんです」

「えっ、火事ということですか？」

「倉庫の側面が焦げたくらいのボヤではあるんですがね、夜勤中に何か目撃されなかったですか？」

「先ほどもお話ししたように、何回か物音がして、外を確認したんですけど、火の気は見えなかったですねー」

「ありがとうございます。どうぞお仕事お続け下さい」

井上刑事はミーティングルームに大沢を呼び寄せた。

「里子さんは火の手が上がったことは気付かれなかったそうです……火の気が無いし、やはり放火と考えざるを得ないですねー」

「ほうか？　放火？」

「こちらの事件とたまたまその放火が無関係に発生したとは思えないので、同一犯……？」

「私の自宅の放火、未遂っていうんかな？　それと老健の殺人……。なんで？　刑事さん、そういうことってあるんですか？」

「確かにネー……先生、何か誰かに逆恨みされているようなことありませんか？」

刑事が突然思いついたように大沢に尋ねた。

恨み……？　私への恨みで火を点けて、そして直接関係ない老健に入っている人を殺めたりって、そんなことってあるんだろうか……。私への恨み……そんな覚えはない。

「最近、いたずら電話がよくあるとか、何か嫌がらせがあったとか……。いや、最近でなくてもいいですから、他人から恨まれるようなことは、失礼ですが、ありませんか？」

最近でなくてもいいですからと言われ、大沢はあることを思い出した。恨まれるようなことが、無いわけではない、随分年月が経ってはいるが……。

グレー

岐阜の中山間地域出身の大沢は、東京の私立の医学部を出た。医学部卒業後は関東圏の国立大学の循環器内科の医局に入局した。母校の循環器内科の助教授（今は准教授という）が、大沢の意欲と熱意をかって症例数の多い自身の出身大学を紹介してくれた。

今は臨床研修制度により、医学部を卒業すると市中病院または大学病院で、偏りなく様々な診療科をローテートする（順に回って研修する）ことが義務付けられているが、大沢の時代は卒業後、いずれかの大学のいずれかの診療科の医局に属し、そこで勤務することになっていた。ただ大沢が入局した大学はやや特殊で、入局後市中の病院へ派遣され、半ば現在の研修医と同じようにいくつかの診療科をローテートすることになっていた。その辺に魅力を感じて関東圏のその国立大学の循環器内科に入局したのであった。

医局は本学卒業者が8割くらいで、残りが他大学からの入局者であった。大沢はまずは首都圏で1、2を争う大病院に派遣された。自ら志願してのことであった。意欲のある者が集まり例年抽選になったりする病院だが、その年は勉強にはなるが忙しすぎるからといって敬遠する者が多かったため、他大学出身の大沢にチャンスが回ってきたのであった。

その大病院で循環器内科のみならず、あらゆる体験をさせてもらった。次から次へと冠動脈疾患（心筋梗塞や狭心症など）の患者さんが運ばれてくる。昼夜を分かたず心カテ（心臓カテーテル検査）が入ってくる。夜間救急外来当番時には脳出血、多発外傷から風邪まで対応するため、仮眠すらできることはほとんどなかった。仕事の合間をぬって、新たな知識の習得、勉強会、学会発表の準備をする。それが翌日の診療にダイレクトに反映していく。そんなダイナミックかつエキサイティングな5年間をその病院で過ごした。

その後は医局の人事により、郊外の小規模病院への転勤となった。大沢のように他大学から入局した者は本学出身の者よりも下に見られがちである。それはそうであろう。いくら差別はないといったってそんなわけにはいかない。どうしても卒業大学のレベル（基本的に偏差値）により人の優劣が判断されるという現実を否定することはできないし、判断基準としてはあながち間違っているわけではなかろう。

そんな背景もあり、初期研修先として一線の病院に赴任させてあげたんだから、その後は少し冷や飯を……みたいな雰囲気があり、あんなに人一倍頑張ってきたのにという悔しい思いもあったが、想定はしていたので許容した。というか、許容するほかなかった。

郊外の小規模のその病院は、それまでの基幹大病院と違い、それほど忙しくなく、心カテなどの検査もたまにあるぐらいで、設備も十分ではなかった。なおかつその病院では、当然ながら研修医的な仕事ではなく、循環器専門医としての勤務となる。

大沢は当初、それまでの病院と同じようなペースで働くこと、即ち、朝から晩まで昼夜問わず土日関係なく仕事に没入するような生活を望んだ。今はそんなことを言おうものなら「医師の働き方改革」を引き合いに袋叩きにあいそうだ。だがやはりそうしたい（時間に制約されず働きたい）と思っている医師も少なからずいるわけで、一律に働き方改革の枠に当てはめてしまうのもどうかとは思う。ただそれ（残業）をことさらに強要する上司がいるのであれば、そんな者こそ、その改革でどんどん取り締まってもらうのがいいと、大沢は思っていた。

いくらもっともっと経験を重ねたい、一日中医療に携わっていたいと思っても、患者さんが来なければ叶わない。患者さんを呼びに行くわけにもいかないし、セールスやコマーシャルを打つわけにもいかない。こういう小規模の病院で勤務するということは、それなりにできることをやっていくべきだと気付くのに1年あまりを要した。それなりにというのは、空いた時間を学問的な研鑽にあてる、余暇をそれなりに楽しむというようなことである。色々と理解不能なことを長時間かかってぐちぐち言う嫌な上司（内科部長）ではあったが、決して残業を強いるような人ではなく、自身も仕事が終わると定刻に帰宅するので、大沢もそのような生活に少しずつ慣れてきた3年目に、A医師が大学の医局から派遣されてきた。

それまでは、本学（関東圏の国立大学医学部）卒の理知的でヒューマニズムに溢れた尊敬すべきB医師が大沢の直属の上司（医長）であったが、代わってやってきたA医師は他大学出身で、その分気負いがあったのだと思う。部長が定時で帰宅するのが気に食わない、学会発表等を積極的にやらないのが気に食わない、検査や治療に消極的なところが気に食わない……ということだったんだろう。部長に対する不満やこんなところに島流しにされた医局への不満が、部長ではなく大沢の方へ向けられた。

部長への不満を大沢に言わせる。定時に仕事が終わると自身の学位論文作成に時間をあてる。それはいいんだが、その時間に大沢が先に帰るのを許さない。したがって院内にいるかどうか探して回る。逆に部長への当てつけのように、心カテなどが入っていない暇な時に、勤務時間内なのに病院近くのゴルフの打ちっぱなしに出かける。しかも1人で行くならいざ知らず大沢を同行させる。そして馬が合う外科の先生と一緒に部長や他科の先生の悪口をずーっと言い合う。そこにも大沢を巻き込む。悪口の対象となった先生を擁護しようとすると、「そんな甘いことを言っているからあかんのや」と怒り出す……。

このような歪な態度が日々高じていった。しかも直属の部下にあたる大沢を常にそれに巻き込み徒党を組もうとした。大沢も断ればいいのだが、やや緩やかなその病院での日常に慣れてきていた（というかそれに慣らし、そこでの流儀に合わせながら日々の意義を確かめつつ過ごすようにしていた）自分自身に引け目が多少あった。加えて、その病院で知り合った看護師さんとの付き合いに時間を費やすようになった自身に、どういうわけかやはり引け目を感じていたのと、この世界は長幼の序がとても重視されるため、大沢としてはその理不尽で抑圧的な行動に反発できず、取りあえずは従わざるを得なかった。

大沢が入局した国立大学の循環器内科の医局では、数年間の市中病院での初期の勤務を終えた後に帰局する習わしになっていた。帰局して大学の循環器内科の医局員として仕事に携わる傍ら、研究及び博士論文作成に従事するというのが既定路線になっていた。しかし市中病院で勤務するうちに、色々な先生から医局の体育会系の体質を聞き及ぶに至り、帰局する意義と意欲を失いかけていたところに、むしろその体育会系の部分を称賛して止まないA医師の話を聞くにつれ、余計に帰局する気持ちが薄れていくのであった。

だいたいそのA医師自体、まずは大学の医局、特に教授の意向を常に第一に考えていて、目の前の現実や、日々の診療で対峙する患者さんにはあまり興味がないようであった。そしてその教授の意向と一線を画している、いわばアウトロー的な赴任病院の部長は、ドロップアウトしたただの老害としか見ていなかったのだと思う。そしてその下にいる大沢も同様に見られていた。

しかしそれはあながちA医師がもっぱら悪いわけではなく、聞くところによると数年前まではA医師もそんな風ではなかったらしいので、帰局して、体育会系の循環器内科の教授と向き合いながら、8割方が本学出身の医局員の中で、いわゆる外様医局員として踏ん張ってきた歪みがそのようなカタチで露呈しているのではないかと大沢は考えていた。

そうすると元々GP（General Practitioner）——これは欧米での呼称であるが、未だにいい日本語訳がない。家庭医とか、かかりつけ医とか、総合医とか訳されるが、いずれもしっくりこない――を目指し模索していた大沢には、余計に帰局して循環器内科の専門医として修練を重ねていく気力がなくなっていた。

それならばその道を捨て、GPとして生きる道を模索していこうと考えるようになった。逃げかもしれないが、そうばかりではなかった。あることに特化した専門医や研究者は医療や医学の発展のためにもちろん必要であるが、何でもできる（しかも高いレベルで）オールラウンドプレイヤーがいてもいいのではないか、という思いは学生の時から持っていた。「膝が痛いけどどうしたらいいやろ」と聞かれて循環器内科の医師だから分からんというような、あるいは、交通事故で意識無く倒れている人を、内科医だからといって通り過ぎるような医者にはなりたくないな、という思いは昔からあった。ただ日本の医療制度においては、未だに高度な専門医、低レベルな開業医というような認識が一般的で、実態もそれに近いものがあった。内科も外科も小児科も整形外科も高度な知識と技術でこなしていけるような医師のあり方があってもいいのでは、という思いはずーっと抱き続けてきたことではあった。

それに加えて、大学に帰ってその後循環器内科の専門医になっていくということへの魅力というか意欲が急激に薄らいでいくばかりであった。大沢の理想とする「ハイレベルで何でもできる開業医」になろうとすると、研修中に色々と積極的に経験を積んできたつもりではあるがそれでは不十分で、できれば開業前に循環器内科以外の科の再研修を受けたいところであるが、基本的にそのようなシステムは全く存在していない。

そこで大沢は一計を案じた。最初の勤務先で目をかけてくれていた先輩のB医師が、父親が急逝したため後を継いでいる、愛知県内の中堅どころのその総合病院で、GPとして開業する前の研修ができないかと相談をした。

「ちょうど整形外科医が今不足しているから、どう？　開業するなら整形必要でしょう」

と、主旨を理解した上であっさりと承諾をしてくれた。この時点で大沢はどこの場所で医院（クリニック）を開業するかはっきり決めていたわけではないが、おそらくこの先輩は大沢が岐阜の中山間地域出身であることを知っていて、きっとそこで開業するんだろうと察したのだろう。田舎で開業すると、足腰が痛くて来院する患者さんが半分くらいに及ぶ、ということを踏まえ、そのように提案してくれたようだった。

「整形外科に在籍し、必要があれば色んな科に顔を出してくれていいよ」

とも言ってくれた。ありがたい話である。開業前の研修（レイトレジデント）として、内科医が整形外科医をすること自体前代未聞の上、他科の研修までＯＫというのだから。

これを受け、早速その旨を部長に伝えると、

「俺もそれがいいと思っとった。大沢は開業医でやるのがいい」

と、いつもはくどくどと話が長くなるのだが、あっさりと了解してくれた。この辺のニュアンスは微妙なところもあって、他大学出身者が本学の医局人事でこの先勤務医として一線でやっていくのは難しいぞという差別意識と少しの親心が多分混ざっていたのだと思う。

問題はA医師であった。A医師にも、今年度限りで退職し、医局には戻らず名古屋でレイトレジデントみたいな研修を経て開業をする、という意向を伝えた。すると、

「なんじゃそれ……」

と言ったまま、口をつぐんだ。顔色は真っ青で大沢を強く睨みつけるような様子であった。

その日から、A医師の大沢への執拗な攻撃が始まった。昼の休み時間、仕事終わりなどに大沢のデスクにやってきて、「おっ、開業医さん、お勉強ですか」とか「あれ、恩知らず君」とか言って、ちょっかいをかけに来るようになった。そしてそれでは物足りず、馬が合う外科の先生を伴ってやってきて「こいつ帰局せずに、開業しようと

してるんですよ、どう思います」みたいなことを言いに来る。そのもう一人の先生も「悪いやつですね」とそれに迎合する……というようなことが頻回になってきた。まるで小中学生のいじめのメンタリティだな、と大沢は冷静に見ていた。

一方、A医師の気持ちも分からないでもなかった。他大学の出身であるにもかかわらず、入局させてもらい、その医局の人事で、少なくとも初期研修は、人気の高い、症例数の多い大病院に赴任させてもらったものの、帰局して（大学の循環器内科に戻って）お礼奉公的に診療に従事しながら、研究・論文作成に携わる、という自分も歩んできた路線を外れようとしている大沢が許せないのだ。と同時に、自分の部下を帰局させられなかったということで、医局、特に医局長辺りから責められるのではないかという恐怖心が背景にあることは、大沢にも十分理解できた。

したがって多少の責め苦は耐えていかねばと考えていた。しかしそのいじめのような陰湿な攻撃はエスカレートしていくばかりであった。大沢が付き合い始めていた看護師が、なぜ自分に挨拶に来ないのかと責め立てる（もはや何を言っているか分からない）。大沢が自分の目の届くところにいないと探し回る。カルテや心カテの記載がおかしいと言って書き直させる。訂正して見せるとダメだと言って何度も書き直させる（何の権利があってそうさせているか分からない）。そして何回目かにOKと言ったものはほぼ最初と同じ……というようなことが、毎日どころか一日に何回も繰り返されるようになってきた。

そんなある日の夜中の2時頃に、その日の循環器の待機当番である大沢に電話がかかってきた。

「大沢先生ですか、当直のC先生に代わります」

と看護師が取り次いでくれたのが、例のA医師とつるんでいる外科の先生であった。

「大沢ちゃん？　心筋梗塞っぽいので来てくれる？　部長に電話したら、あんたが当番って聞いたもんだから」

「ご苦労様です。当番を急遽代わったもんですから、連絡行ってなかったですか、すみません。ところでどんな具合でしょうか？」

「心電図がね……STが上がっているように見えるんよ。それほど症状は強くないんだけどね」

「採血結果はいかがですか？」

「まだ結果出てないんで、出たらもう1回電話するわ」

ということだったので、初期対応を指示し連絡を待つことにした。20分ほどして電話があり、

「ビンゴ、採血も間違いないわ」

とのことだったので、すぐに駆けつけ緊急心カテを行い、冠動脈拡張術を施した。

その翌朝、A医師が大沢のもとに血相を変えてやってきて、いきなり、

「待機当番を部長と代わったのか？」

と言うので、

「はい……？」

と答えると、

「今すぐ、医局に、医局長に電話しろ！」

と怒鳴る。

「何を、ですか？」

訳が分からず尋ねると、

「いつも部長はお前に当番を押し付けとるんやろ。そんなことではダメだから、医局長に報告しろ」

と言う。どうやら、仲のいい当直医だった外科の先生から経緯を聞いたような様子であった。確かに待機当番は代わったけど、それがそんなに声を荒らげるようなことだろうか。

「代わったことが救急に伝わってなかったらしいやないか」

確かに、部長が伝えておくと言いながら、忘れたんだろうということは、深夜の電話の話で推察できたが、部長に電話してすぐ大沢の方に電話がかかってきたわけだから、それがそんなに大きな問題だろうか？　と考えていると、

「それにお前、すぐ来ずに、2回目の電話で来たらしいやないか？」

えっ？　そんなつもりは全くなかった。少なくとも「お前」呼ばわりされるような覚えはない。採血結果が出てからかけ直すと言ったのは、むしろ外科の先生の方で、症状も落ち着いていたようだし、採血結果も20分ほどで出たので、初動がそんなに遅れたとは思えない。ただ1回目と2回目の電話の間に、夜中だし心筋梗塞でないといいけどなーという思いがなかったと言えば嘘になる。

取り付く島もなさそうで、あらがっても話が通じる相手ではないと諦め、一応、と謝った。

「すみませんでした」

「なら医局に電話しろ」

医局に何を電話しろと言うのだろう。

「部長が待機当番をいつもお前に押し付けることと……」

押し付けると言っても、次回の待機当番と入れ替わっただけだ。

「それにお前が帰局せずに、勝手に開業しようとしていること、電話かけて報告しろ」

あくまでお前呼ばわりだ。あーそういうことか。そこまで聞いてやっと合点がいった。大沢の電話により、まず不甲斐ない（とA医師が思っている）部長をこき下ろさせ、そんな部長の下で苦労している自身の惨状を浮き彫りにすること。そして大沢を帰局させられなかったことは、自分とは全く関係なく、大沢の勝手な行動であること。以上を暗に伝えさせようとしているのだ。

確かに大学に戻らずに、早々に開業の方向に進むことには、医局に間接的にではあるがお世話になっておきながら……という引け目は大沢にあった。それにしても、自分一人が帰局しなくてもそんなに痛手にはならないはずだし……などと思い、逡巡していると、ボカーッ！　と鈍い音がした。その音は自分の左耳の上の方で聞こえた。一瞬何が起こったか分からなかったが、0・5秒くらい遅れて、A医師が大沢の頭を拳骨で殴ったことに気付いた。

大沢にとってはあまりにも唐突であった。しかし大きな音の割に痛みはなかった。悲しくもなく、憎しみも感じなかった。ただ、この男が存在する組織や空間からは一刻も早く退散せねばならない、という強い決意が、この瞬間確固なものとなった。

そのためなら、他の事項はどうでもいいと思った。理屈や、ましてやプライドなんてどうでもよかった。自分が電話して済むならそうすればいいだけだ。

「はい」

無表情に立ち尽くすA医師に返事をし、大学の循環器内科の医局長あてに、その場で電話した。

「もしもし○○病院の大沢です」

「大沢……？　あーあー、はいはい。で、用件は？」

医局長が概ね派遣病院の振り分けをしているのだが、大沢の同期は20人くらいいるので、名前を全部覚えているわけではないのだろう、やや曖昧な返事であった。

「実は、来年度以降開業の方向で、まずB先生のところで研修しようと考えておりまして」

「お父さんが亡くなられて病院を継いだB先生のことか？　そこで開業前の研修を……？　君もお父さん亡くなられたってこと？」

「そうではないんですが……」

「それで……？」

朝の忙しい時間帯に電話をかけてきて何事か、という感じだ。

A医師が横で『部長のことも言えって』とさっきから執拗につぶやいている。止むを得なかった。

「それと部長のことなんですが……」

「○○先生のことか?」

「はい。あのー、昨日救急で……いや、そうじゃなくて、待機当番を部長と代わって……」

『違う! 無理やり代わらされてだろー』と横でA医師がささやく。

「待機当番を代わらされてですね……」

「大沢君、もう回診が始まるから、必要であれば改めて夕方に電話くれるか」

そりゃそうだろー。朝から訳の分からん電話に長時間付き合うほど大学は暇ではない。

「承知しました」

と電話を切った瞬間に、バシッ!

A医師の2発目の拳骨が今度は大沢の右の頬に飛んできた。

「何だ、今の電話。帰局しないことをちゃんと謝ったんか? それと、部長がひどいことが何にも伝わっとらんやないか！」

　この後、大沢はA医師と何を話したか全く記憶がない。2回目に殴られた瞬間に反射的に殴り返そうと拳を握り、右足を1歩前に進めたところで、最大限の理性をもってしてそれを抑えた直後に、大沢の頭の中からA医師という存在が完全に抹殺された。したがってその後の顚末は、大沢にとってはどうでもよかったし、全くの他人事でしかなかった。その後の顚末というのは……。

　その日の夕方に、部長の部屋に呼び出され、

「Aに殴られたというのは、本当か？」

と突然聞かれた。どうして知っているんだろうと、怪訝な顔をしていると、

「脳外の先生がたまたま見とったらしい。大沢君が殴られるのを……あまりにもひどいというので、さっき教えてくれた。で、本当か？」

「はい」

　大沢がうなずいた。事実だから認めただけで、誰かに何かを期待するようなつもりはなかった。

「実はその直前に大学の医局長から、『大沢君から電話をもらったが、よく主旨が分からないのと、後ろで声が聞こえて、誰かに言わされているような感じがあった』と

いうので問い合わせの連絡が入ったところなんだわ」

というわけで、両方の話を繋ぎ合わせると、大沢がA医師によって医局長あてに無理やり電話をさせられ、その際に殴られたらしい、ということが部長にも合点がいったらしい。

「Aに殴られたこと、医局に報告するがいいか？」

「はい」

別に断る理由はない。

その後のことはあまりはっきり思い出せないが、部長はその日のうちに医局長に暴力沙汰があったことを伝えた。A医師が陰で自分の悪口を言っているらしいことは薄々気付いていたので、今回大沢の口を借りて告げ口をさせたことも含めて、それらが如何に事実無根であったのかを浮き彫りにさせることができたようであった。もちろん暴力があったことを医局長に伝えた理由のうちの数パーセントは大沢に対する憐憫の情であったことは間違いない。

A医師はその1ヶ月後に大学の関連病院の中で一番小さな離島の病院へ左遷された。そして大沢もその半年後に関東圏のその病院を無事退職し、予定通り愛知県の総合病院で3年間整形外科医として勤務。その間、開業に向けて準備をしつつ、他の科のお手伝いをするという異例の待遇・経験を積み、3年後には岐阜の生まれ故郷の今の場所でクリニックを開業し、その5年後には老健「未来」をオープンしたのであった。

そしてそれから4年が経ったわけだが、開業した当初によく無言電話がかかってきた時期があった。らしい。それが1年近く続いたある日、突然A医師が大沢のクリニックを訪ねてきた、らしい。らしいというのは、午前の診療が終わり、大沢が往診に出かけた直後に来院したので会ってはいないが、名刺を置いていったため判明したのであった。

名刺には大垣市の医院の名前が記されていた。A医師は確か神奈川出身のはずだ。それなのになぜ岐阜で働いているんだろう？　正直気味が悪かった。A医師は大沢に暴力を振るったことにより、正に島流しになり、その後大学の循環器内科の医局を辞めたと、風の噂で聞いていた。

多分、いや間違いなく大沢を恨んでいるはずだ。医局に暴力行為を通報したのは大沢自身ではなく部長なのだが、A医師は大沢自身が連絡したと思っているはずだった。怖いというより、気味が悪くて連絡を取る気にはなれなかった。以後毎年のように大沢が留守の時間帯を見計らったように、クリニックまたは同敷地内の老健にやってきて名刺だけ置いていく、というようなことが続いた。そしてどういうわけかその前後に無言電話が頻発していた。岐阜にいることを含め不思議で気味は悪かったが、大沢自身はA医師の存在を心理的に抹殺していたので、あまり気にはならなかった。

井上刑事から恨まれるようなことはないかと聞かれ、A医師のことを思い出した。しかし発端は10年以上も前のことであり、不気味な気配、即ち毎年のように留守中に訪ねてきて、その前後で無言電話が続くようなことはここ2、3年なくなっているので、そんなエピソードを思い出すのはどうかとは思ったが、他に人から恨まれるような覚えはなかった。

井上刑事は大沢の顔を覗き込むようにして、

「何か思い当たるところがあるんですね？」

と確認してきた。

「いやー、もう随分昔の話なんで……」

大学の医局がらみの複雑な話をするような状況ではなかったので、昔の上司に恨みを買っている可能性があり、2、3年前までいたずら電話が頻回にあったりしたが、それがその上司からなのかも不明であることなどをかいつまんで話した。

「確かに、だからと言って、老人ホームに入っている人の首を絞めるなんてことには、普通なりませんわな」

「ただ、自宅に火を点けられてもおかしくないくらいの恨みを買っている可能性は無いわけではありませんが、でも随分前のことなので……」

「いやー、そうなると分かりませんよー。その上司は今、何をしてみえるんですか？」

「大垣の病院に勤務しているようです」

「大垣かー。連絡とか取れますか、その上司と？　……いや、そんなわけにはいかんですね」

　確かに、今まで一度も連絡を取っていないのに、こんな時に、多分随分お門違いの嫌疑を抱いて電話連絡するなどという非常識なことはできるはずがない。

　しかし、大沢はついでに確かめてみてもいいかとも思った。大沢は結局、大学あるいは大学の医局という様々な思惑が渦巻く魔宮にはあまり関わることなく、比較的若いうちに開業し、岐阜の山間部で色んなしがらみから解放されて生きてきた。正にその大学の医局という得体のしれない権力に抑圧されていたであろうA医師は、一体今はどのように生きているのか。そして時々こちらを訪ねてみえた意図は何だったのか。A医師は大沢の所業をどう見ていたのか……など、ずーっとわだかまっていたものをこの機会に本人に直接投げかけてみたいと思った。

「いいですよ」

大沢が答えた。

「えっ、いいんですか？　かなり図々しいお願いなので……」

「ちょうどこちらもずーっと気になっていたことを、ついでに聞いてみようかなという気持ちもあって……」

どう考えても、福井さんが亡くなったことと、A医師を結びつけるのは見当はずれで非現実的であることは分かっていた。しかし恨みを買うようなことは、他には思い当たらなかった。

早速、取っておいた名刺に記されていた病院に電話をしてみた。

勢いで引き受けたものの、なんて切り出したらいいんだろう。まさかいきなり「本日未明何をしてみえましたか」と聞くわけにはいかないし、一方、こんな朝一番に「何回もお訪ねいただいたのに連絡もせず……」などとしらじらしく話す気にもなれないなと思っていると、電話交換士らしき女性が応対した。

「もしもし朝早くの時間に恐縮ですが、A先生に繋いでいただけますか。わたくし、大沢クリニックの大沢と申します……。ええ、A先生です……。あっ、そうですか。宜しくお願い致します」

総務課に一旦回しますとのことだった。

「あっ、もしもし。はい。わたくし大沢と申します。はっ？　はい。A先生……男性のです」

男性のA先生か女性のA先生かと聞かれた。

「はい。えっ？　医師団……？　あー、はいっ、分かります。国境なき医師団のことですね。それでどちらの方へ？　あっ、そうですか」

奥様に繋ぎましょうか、と言われたがお断りし、

「失礼ですが奥様というのは、院長先生の、いや理事長ですかね、その娘さんということですよね……。あっ、はい……。すみません。朝早くから、用件も申し上げずに、ご親切にありがとうございました……」

電話中に昔の記憶が蘇った。A医師の奥さんも医師で、岐阜の病院の院長の娘であることを聞いた覚えがある。そこで勤めていて、しかも2、3ヶ月前から国境なき医師団の一員として南スーダンに派遣されていて、不在であるとのことであった。

大沢は、嫌疑が晴れたことにほっとした。併せて、顔を見るのも、思い出すのも嫌な上司であったが、どうやら幸せに、かつアクティブに生きていることが分かり、良かったなぁという思いが自然と湧いてくるのが不思議であった。

刑事に対して、恨まれている可能性のあるA医師は数ヶ月前から日本にいないという報告を終えると、別の黒縁メガネの刑事がそこへやってきて、２人に向かって、

「ちょっと見てもらえますか、防犯カメラ」

と声をかけた。

施設内外に取り付けられている10ヶ所の防犯カメラの映像が老健未来の事務所で確認できるようになっている。

事務所への移動中に、着替えを終えた早番の介護職員とすれ違った。

「せ、先生、何かあったんですか？」

怯えるように大沢に尋ねた。

「あっ、ちょうどよかった。詳しくは後からみんなに話すからさー、里子さんに、申し送りは後にして、事務所に来るよう伝えてもらえんかなー」

「は、はいっ」

ほどなく里子が事務所にやってきた。

「里子さん、防犯カメラ一緒に見てもらえんかなー」

それを合図に黒縁メガネの刑事が切り出した。

「ちょうど犯行時間辺りに、玄関方向に向いた防犯カメラに２台の車が映っていまし

て……」

「2台？　夜勤者が2名なのでその2台ではないですか？」

大沢が口を挟んだ。

「いいえ。それが、黒い車の方は20～30分間スモールライトが点いていて、運転席と助手席に2人が座っている様子が映っているんです」

確かに、早送りの画像を確認すると、玄関の自動ドア越しに、車寄せの壁が画面の半分くらいに映っていて、あとの半分に黒塗りの高級車と白い車の車体の3分の1くらいが映っている。黒塗りの車は後ろ向きに、白い車は前向きに停められている。そして確かに黒い車の方の運転席と助手席に、座席越しにではあるが、2人の人が座っているのが確認できる。

「この2人は運転役と見張り？　複数の犯行ってことですか？」

大沢が尋ねると、黒縁メガネの刑事が応えて、

「それがですね、この後助手席の女性が、隣の白い車に移動するんです。いいですか……」

さらに映像を早送りすると、確かに助手席から人影が降りてくるのが確認できる。

女性……？　髪が短いし、ズボン姿だし……これ本当に女性？　と思って目を凝らし

て見ていると、一瞬その辺りが明るくなって、顔がはっきりと映し出された。

「これ、市川さん」

里子が声を上げげた。

「イチカワ……」

「うちの職員です。だけど黒い方の車は？」

と、大沢。

「先生、そっちは例の彼氏ですよ」

「カレシ？」

井上刑事が怪訝そうに尋ねた。

ショートカットで長身で若々しくは見えるが、60歳くらいのおばさんの彼氏って、どういうことだろう？　と思ったようだ。

「市川さんは独身なんですよ。ちなみに娘さんも独身、お母さんも独身で、そのお母さんはここに入所してみえるんです」

「うーん？」

井上刑事はまだ不可解そうな様子だったが、それ以上の説明は避けた。防犯カメラに映っている市川さん及びその孫が、この老健未来で働いている。市川さんは60

ちょっと過ぎで、入所しているお母さんは80過ぎ。大沢は市川さんの娘さんと面識はないが、職員の娘、即ち市川さんの孫は20歳ちょっと過ぎ……。ということは、市川さんのお母さん（入所者）は20代あるいは少なくとも20歳代前半で市川さんを出産し、その後旦那さんと別れている。市川さんも同様に20代で出産し、その後離縁し、その娘も同じように20代で子を産み離婚。その子供がおばあちゃんと一緒にこの老健で働いている。孫にとってはひいおばあちゃんがこの老健に入所しているのだ。

このことから想像できるようにみんなとっても強い。防犯カメラに写っている市川さんは60過ぎだが、仕事はいつもテキパキしていて、この仕事は腰を痛める職員が多い中、全くの腰痛知らず。多少口が悪いのが玉に瑕だが、仕方あるまい。ずーっと一人で生きてきたんだから、それも代々。一緒に働いている20代の孫はミス○○高校に選ばれたくらいの美人だが、やはり芯が強いというか向こうっ気が強いというか、とにかく強いのだ。入所中のおばあちゃん（市川さんにとってはお母さん、市川さんの孫から見ればひいおばあちゃん。ややこしい）も80過ぎなのだが、かくしゃくとしていてかっこいい。

その市川さんが防犯カメラに映っていて、黒塗りの車の男性（多分）が彼氏であると大沢がすぐ理解できたのは、別の職員に以前聞いたことがあったからだ。

「先生、市川さんは彼氏がいるんですよ」

「そりゃ、独身やし、いてもいいわけだけど、元気やなー」

「多分、ほら、孫と2人暮らしやから遠慮しとるんやろうね。ここの駐車場に車を置いて、彼氏が迎えに来て、また彼氏が送りに来たりしてるんですよ」

　その30代の職員は告げ口のつもりで言ったわけではなく、むしろ称賛を込めてその話を大沢に教えてくれたようであった。

　そんなこともあって、市川さんと彼氏であることがピーンと来たのだ。映像を進めながら、2人の刑事にかいつまんでその辺を説明すると、黒縁メガネの刑事が説明した。

「ずーっと2人とも防犯カメラに写っていて、この後2台とも駐車場の出口に向かって行くので、むしろこれがアリバイになるんだろうと思いますが……」

「そうですし、この人が福井さんの首を絞めるなんてことは、天と地がひっくり返ったってありませんよ」

　大沢が応えると、里子も深くうなずいた。

「でも先生、元々、ここに入っておられる方が絞殺されたこと自体が、とても特殊なことなので、色々考えておかんといかんもんですから……」

と井上刑事。

確かにその通りである。『絞殺』という言葉を刑事の口から聞いて、改めて事の重大さを思い知らされた。お預かりしていた利用者さんを死なせてしまったのだ。しかも誰かによって首を絞められ亡くなったのだ。大変なことである。そして申し訳ないことである。開設者としての責任を痛感せざるを得ない。そして、多分この後報道関係者もやってきて色々つつかれるんだろうなーという心配の念が芽生えると同時に、こういう時こそ、常々考えていたように、何を聞かれても包み隠さず全て正直に答えようと方針を固めた。少なくともそうしないと福井さんが浮かばれないような気がした。

「ちょっと防犯カメラの映像を戻してくれるか」

と井上刑事。

「ほら、そのイチ、イチカワさんだったっけ？　自分の車に乗り込む直前のところまで、戻してくれるか」

ジーという音が静かに事務室に妙に大きく響く。

「ストップ。そこそこ。そこから再生して……」

市川さんが、20分くらい男性と黒塗りの車の中で話し込んで、車を降りたところか

らだ。自分の車のドアに手をかけたところで、

「ストーップ。明るくなったやろ、まわりが……。それで顔がくっきり見えたわけや」

　確かに2、3秒、ぼーっと車の周辺が明るくなっている。

「明るくなったのは、車のヘッドライト……」

「そう、車のヘッドライト……。ここの敷地内に入ってきた車のヘッドライトの明かりのはずですよ」

　と黒縁メガネの刑事。

　山間の奥まった場所のため、たまーにしか車は通らない。そしてその時間に老健未来の駐車場に入ってくる車は普通はない。

「そう言えば、午前2時から3時頃に車が入ってきた様子がありました」

　思い出したように里子がつぶやいた。

「やはりそうですか。時間的に言っても、このヘッドライトの車こそが、多分犯人のものですよ」

　そう井上刑事は断言した。

「他の防犯カメラに、その車らしきものが映り込んでいないかね？」

「車や人影が映り込んでいるのはこのカメラだけなんですよ」

黒縁メガネの刑事が応えた。老健の防犯カメラは、むしろ施設内の様々な事故やトラブルを監視するのが主目的であって、金目のモノは一切ないので、基本的に外部からの不法侵入者を監視するようには設定されていない。

「ちょっと待った。あの黒い車、多分ドライブレコーダー付いとるよな」

「ただ停車中なのでオフになってるんじゃないですかねー？」

と黒縁メガネの刑事が疑問を投げかけた。

「確か、ああいう高級車は盗難防止もあって、停車中も回っているんじゃなかったかなー？　……先生、その何でしたっけ、そう、市川さんに連絡を取ってもらうことは可能ですか？」

というわけで大沢が市川さんに連絡を取ると、もうすぐ着きますとのこと。この日は日勤（午前9時から就業）だったのだ。それにしても元気だ。未明まで彼氏とデートをしていた60歳過ぎのおばさん（ひと昔前ならおばあさん）が、朝から元気に仕事に就く。正に人生１００年時代の象徴のような人だ。

仕事が始まる前に市川さんに事情を話し、彼氏に所定の警察署に来ていただくよう刑事が要請すると、すぐそこにいますからここに来させます、ということだった。どうやらこの町との境近くにある建設会社の社長さんのようで、相手も独身のような口ぶりであった。

市川さんは職員間のメールで大変なことが起こったことはあらかじめ聞いていたが、場合によっては自分も疑われかねない状況を理解し、何とか都合をつけて老健の方へ来るよう彼氏に頼んだ様子だった。

シルバーエッジ

警察が到着して2時間、現場での検死については概ね終了したため、福井さんのご遺体は大学に移されることになった。おそらく解剖ということになるのであろう。

幸いなことに、福井さんと同じグリーンユニットの他の8名の利用者さんはほとんど事件に気付いていない。さすがにこの日は共有スペースではなく、それぞれの居室で遅めの朝食をとっていただいたが、それにしても10名近い警察官や鑑識官が行き来していれば異常に気付くはずだが、誰からも質問や心配の声はなかったようだ。皆さん大方認知機能が衰えているので、記銘力ばかりでなく、自身及び周りの状況を把握するといった見当識も低下しているのだ。そのため大騒ぎになることなく何事もなかったかの様子であった。ただ福井さんが居た8号室の入り口の黄色い規制テープだけがひときわ目立っていた。

市川さんの彼氏の建設会社の社長さんはすぐにやってきた。大沢にはかすかに見覚えがあった。患者さんとしてクリニックに受診されたことがあるのかもしれない。社長さんは終始落ち着いた様子で警察からの説明に耳を傾け、ドライブレコーダーのデータ提供に快く応じてくれた。

「のちほどデータをパソコンに移させてもらいますが、まずお車の中で午前3時前後の映像を見せていただいてよろしいでしょうか」

「構いませんよ。どうぞ」

ということで、黒縁メガネの刑事と社長さんの2人でドラレコの履歴を確認することになった。

その間に大沢は、出勤してきた職員を集め一連の出来事を説明し、大変なことが起きたが粛々といつものように業務をこなして欲しい旨を伝え、クリニックの午前診療の始まりを取りあえず1時間遅らせるように指示した。福井さんのご遺体は警察車両に移され、息子さんと奥さんも深々と頭を下げ老健未来を後にされた。

すると、黒縁メガネの刑事が大沢を呼びに来た。

「先生、ドラレコをちょっと見てもらえますか？」

大沢を黒塗りのベンツの助手席に座らせ、社長を後部座席に移動させ、自身は運転席に乗り込んだ。

「いいですか、先生。見といて下さいね」

と、一時停止されている真っ暗な画面を指差した。

「ここで、ドアの開く音がして……」

やはり、この車は停車時もドラレコが回るようになっているようだった。

「そして、いいですかー。ほら、ここで前方に車のヘッドライトの明かりが見えてきて……」

確かに、ヘッドライトの明かりは見えるが、それ以外は真っ暗で車自体は見えない。

「ちょっとここでストップして、と……。先生、この後、社長さんの車のヘッドライトが点灯するんですが、その瞬間に、あっちの車の運転席が割とくっきりと映し出されるんです。が、一瞬です。本当に一瞬です。よーく見といて下さいよー」

ヘッドライトの明かりのみの明るい画面に一瞬、確かに一瞬、白い高級SUV車が映し出され、すぐ通り過ぎた。そこで一時停止にすると、刑事が聞いた。

「どうですか、顔に見覚えありませんか？」

「いやいや、運転席までは見えませんでしたけど」

「もう1回戻しますから、よーく見て下さい。車じゃなくて、運転席にフォーカスして見といて下さいね」

言われたように、じーっと目を凝らす。明るいだけの画面に、社長のヘッドライトの明かりがついた瞬間……確かに運転席、いや運転している人の顔がくっきりと映し出された。

「……えっ、えっ？　……これっ……中島さん！」

大沢の体が一瞬座席から宙に浮いたように見えた。

「これ……中島さん！」

大沢が同じように繰り返した。

「ナカシマさんというのは？」

黒縁メガネの刑事が尋ねた。

「町議会議員の中島鋭一さん。というより丸金刃物の中島さんって言った方が分かりやすいかな」

「えーっ、若社長の方ですか？」

後部座席の市川さんの彼氏の建設会社の社長が声を上げた。どうやら面識があるようであった。

「そうそう会長ではなくて、若社長の方です」

中島鋭一は丸金刃物の社長で、大沢より2歳下の45歳。東海地方ではトップクラスの工業系の大学を卒業し、トヨタ関連の大手企業に数年勤めた後に家業の刃物工場を継ぎ、数年のうちにあれよあれよという間に、この地域随一の刃物カンパニーに押し上げたやり手で、この地域では有名な経営者である。40歳の時には周りから請われ議員に立候補し、トップ当選した。議員も2期目に入る。

「そう言えば似てたような気もしますね。でも、あれじゃないですか？　なんかの都合で通りかかっただけでは……」

と社長。

「いやー、夜中の3時ですよー」

と大沢が言うと、その時間に市川さんを送ってきた社長はバツが悪そうな様子であった。

「いえいえ、そういう意味ではなくて、この山奥でこの先はご存知のように行き止まりなのに、この時間に侵入してきた車というのは、犯人に違いないという話でしたよね、刑事さん？」

「そう考えざるを得ない状況ですね」

「しかし、どう考えてもそれはあり得んな。この人が犯人なんて、いやー、あり得ん」

大沢は混乱していてうまく言葉にできなかったが、仮にこの町の全住人を疑わしい順番に挙げるとするなら、最後に名前が出てきそうな人なのである。善人を絵に描いたような、素晴らしい人格者という印象以外大沢には思い浮かばなかった。

町の様々な会合や何かのイベントで一緒になると、礼儀正しく、かつ親しく話しかけてくれて、こういう弟がいたらいいなと思ったことがあったほどだ。仲間や町民からの信頼も厚く、ここ数年、事あるごとに次期町長にという話がささやかれるが、本人は固辞しているような状況だった。

「社長さん、このドラレコのデータをこちらのパソコンに移させてもらいますね、いいですか？」

黒縁メガネの刑事が確認した。

「もちろんです」

「そして、先生、丸金刃物なら私も場所が分かりますから、今から伺ってみますね。やれることは早めにやっておきます。先生も職員さんも心配でしょうから……」

中島鋭一はこの地域で盛んな刃物製造業者の4代目としてこの町に生まれた。鋭い刃《やいば》のように、というベタな名前だが、鋭一は正にその名の通りキレのいい明晰な頭脳で小学生の頃から常に学年でトップ（といっても1学年1クラスではあったが）の成績を維持し、適度なユーモアを有し、リーダーシップも持ち合わせ、非の打ちどころのない少年であった。中学は町内の3つの学区の小学校の子どもが一つに集まるので4クラスになるのだが、鋭一の成績と級友からの厚い信頼に変わりなく、なおかつ運動神経も優れていたため、バスケ部のキャプテンとして県大会で準優勝に導いたこともあり、町内外に名前が知れ渡るほどの輝かしい存在であった。

しかし、鋭一はこの頃から、即ち中学3年生の頃から、自分自身を無機質な正に刃物のような人間だなと思うようになっていた。何か違う、何か満たされない、何をやれどもやれども満たされない、何かが欠けている。自分にではなく、この世界に何かが欠けているというような思いを抱くようになっていた。鋭一は母親から、名前のように育ってほしいと、無駄のない合理的かつ理論的な人間になって欲しいと育てられた。そしてそのような人間に成長していった。それぞれの目標はほぼ完璧に達成し、皆から称賛され、傍からはこれほど有能で幸せな中学生はいないぐらいに思われ、実際にそうだったのかもしれない。しかし本人は心穏やかに何かに充足するという経験を味わったことは生まれてこの方一度もなかった。表面は快活に愉快に、それはそれで自然に振る舞っていたが、実際には心が満たされるという感覚を味わったことはなかった。それはなぜなのか？　理由がよく分からなかった。

それとは裏腹に、ちょうどこの時期からある感情が顕著になり、次第に自制できなくなっていた。それは、常に自分が一番でなくてはいけないという感情と、それに伴う嫉妬心であった。常に一番、といっても何かで日本一を目指すというようなポジティブなものではなく、自分の目に入る範囲、自身のテリトリーで一番でなくてはならないという狭量な征服感みたいなものであった。

その辺りがトラブルとして最初に発現したのは中学3年生の秋のことであった。発現といっても厳密には誰にも知られていないので、言葉としては正確ではない。

鋭一は、中学3年生の前期は当然のごとく生徒会長に選ばれた。そして任期終了後の後期の会長の選挙は前期の役員が取り仕切ることになっていた。その後期の会長には2名が立候補していて、うち1名が鋭一より成績が上で学年トップのバレー部のK君であった。もう1名は鋭一より成績的には下であるがユーモアがあって人気の高いM君であった。

全校生徒500名分ほどの投票用紙を顧問の先生監視のもと役員で開票するわけだが、前期会長の鋭一が全ての票を読み上げ、それを記録するというような形式で行われた。接戦であったが、残り50枚ほどの時点で学年トップのK君が20票ほど上回っていた。

この時点で鋭一のどこかにスイッチが入った。

自分より成績が上で人格者でもあるKを生徒会長にさせるわけにはいかない。そんな邪悪な想念がムクムクと湧き上がり、その他の情念、特に良心を圧倒的に凌駕した。それで……「K」と書かれている投票用紙を「M」と読み上げた。何十枚かをそう言い換えて読んだ……。Mが逆転勝ちするように……「M」の票はMのまま、「K」と書かれている投票用紙の何十枚かを「M」と読み上げた。そしてMはKに逆転勝ちした。いや、鋭一が逆転勝ちになるよう仕組んだのだ。実際は残りの50枚のうち35枚程度の投票用紙に「K」と書いてあって、15枚ほどが「M」であった。したがって本当は学年トップのK君が後期の生徒会長選に圧勝していたのだ。鋭一の通っていた中学校の生徒会役員選挙は複数名で確認するようなことはなく、ましてや前期会長がそのような虚偽の読み上げをするなどということは誰も疑うことなく、M君が後期生徒会長となった。そしてこの偽りの選挙結果の真実を知っているのは鋭一だけであった。

鋭一はその後、名門私立高校に進学し、高校でもトップクラスの成績を維持し、東海地域では偏差値ナンバーワンの工業大学に進学した。高校・大学ともにバスケを続け、容姿端麗であったこともあり、バスケの月刊誌にも取り上げられたりして、非の打ちどころのない学生生活を過ごしていた……ように、傍からは見えた。

しかし鋭一の心の真ん中にはいつもぽっかりと穴が開いていて、その穴が満たされることはなかった。そしてその穴を何とか埋めようといつも必死で努力し、それが一定の成果を生み、他者からも評価されていた。そのような成果を常に生み出していくために、鋭一は徹底的に合理的に生きようと思っていた。全てに理屈があり、その理屈通り人生を進めていこうと思っていた。したがって意味のないものや生産性のないものには存在意義はないと考えるようになっていた。

大学3年生の時、愛知県で行われた車椅子バスケの世界大会に、鋭一はボランティアスタッフとして何人かの部活のメンバーとともに加わった。行きがかり上参加しただけで自ら希望したわけではなかった。鋭一には意味が分からなかった、なぜ身体障害者のために、自分を含め多くのボランティアが手伝わなければならないのか。車椅子バスケなんて皆同情の目で見ているだけで、誰も本当は観戦を楽しんでいるわけじゃないんだ、としか思えなかった。自分の足で動けないような人は、社会の重荷になるだけで、きっと本人も生きていても苦痛なだけで、存在している意味や価値がないのではないかとさえ考えるようになっていた。しかしそんな鋭一の心の中とは裏腹に、車椅子バスケの世界大会を裏方で支える大学生ということで、地方版のニュースで取り上げられたりもした。

順風満帆の鋭一の大学生活は、金属表面の酸化防止コーティングに関連する卒業論文で締め括られ、大学生活中の部活や奉仕活動も評価され、トヨタ自動車の子会社である鋼板関係の研究員として優遇される形で採用されたのであった。

鋭一は入社当社から、数十人の新入社員の中で頭角を現すようになり、先輩からも可愛がられ、仲間からも一目置かれるような存在となった。ただそれよりも一段出来のいい、T大学出のTという男がいて、天才肌で、彼にはとても敵いそうにないことが鋭一自身もよく分かっていた。

でもそれは許されないことであった。自分が2番目ということはダメなのだ。何とかせねばならなかった。何とか……。Tは確かに天才肌で、なおかつそういう類の人間にありがちな鼻持ちならぬ輩《やから》かというと全くそんなことはなく、人当たりの良い好青年であった。どう見ても鋭一が勝てるのは身長ぐらいであった。

ただ不思議なことに、Tとはおよそ不釣り合いな、金髪に近い茶髪の、鼻にピアスをした、虹色のつけ爪の女性と付き合っていて、たまに退社時間に会社1階の受付に迎えに来ているのを鋭一も何回か目にしたことがあった。トヨタ系の大手鋼材企業の新しいビルの受付の前のソファにそのような女の子が座っていると、否が応でも目立つ。何なんだろうとは思っていたが、それがTの彼女らしいと同僚から聞くまでは特に興味はなかった。

週に2、3回は夕方にやってきて、30分から1時間ほど受付の前の椅子に座って、トートバッグから取り出した雑誌らしきものを読みながら過ごし、Tとともに帰っていく。本人はその子について語ったことは一度もなく、周りが色々と勝手に噂をしているだけなのだが、その噂は概ね2種類であった。①キャバクラか何かのおねえちゃん②どこかの芸大の学生……確かに、見ようによってはどちらとも見える感じであった。

その噂を聞いた翌日に、鋭一は研究部門の同僚に次のような話をした。

「夕方に受付前に座っている女の子さ、風俗嬢らしいぞ。Tが入り浸っている風俗のナンバーワンらしくて、なぜかは知らんけど、ゆすられとるらしい。人は見かけによらんよね」

全くの作り話である。こういう類の流言を発する時、鋭一はそれ、即ち自身の作り話が事実であるように思い込むため、罪悪感は全くない。話したのは、こういう話がとても好きな、同期の中の数少ない女の子の1人であった。

予想通り、次の日には30人ほどの同期全員に、この噂が広がった。そしてその2、3日後に、鋭一は大学までラグビーをしていたという正義感の強そうな別の同僚につぶやいた。

「毎日のように、ほら、例の風俗嬢が来てるけど、会社的にいいのかなー。まあ個人のことだから立ち入るべきじゃないよな……」

翌日には予想通り、その正義感の強い同僚経由で、研究室の部長の耳にその話が入ったようで、部長から鋭一に、内々に聞きたいことがあるんだけど、との相談があった。

「君ならTのことよく知っているのではないかと思い聞くわけだけど……」

ということで、風俗嬢の話は本当かという質問だった。実際はTのことは何も知らないし、言葉を交わしたこともほとんどない。しかし、

「いえ、あくまで流言飛語の類だと思いますよ。彼はそんな男じゃないと思います」

と断言した。そして、数日後に鋭一は今度は、唯一Tと同じ大学出身の、Tと違ってうだつが上がらない感じの同期の男にこう話した。

「Tに話した方がいいんじゃないか？　変な噂が立ってること」

そしてこれまた予想通り、翌日にはこの男がTに話をしたらしい。

「おかしな噂が立ってるけど、大丈夫か？」

「噂は聞こえてきてるけど、ばかばかしい。そんなはずないだろ！」

とTが語気を強めた。話した方としては心配だったから聞いてやったのに、予想外の反応にカチンと来たのか、それ以降、この同僚もTとは疎遠になっていった。

こうしてTは唯一仲の良かった同学の男との交流もなくなり徐々に孤立していった。

そんな中、金髪・鼻ピアスの女性が会社に乗り込んでくる回数も週に1度程となり、相変わらずそれについてTは一切語らず、しかし風俗嬢には見えんよなというような話は出るものの、皆あまりそれには関わらないようにしていた。そして、就職1年目が終わろうとしていた春先のことであった。米国のベンチャー企業の電気自動車メーカーの幹部数人が本社に来訪した。研究部門の案内は、部長と、10歳まで父親の仕事の都合でロス近郊に住んでいたTとが行った。

案内が終わり1階の玄関ロビーで役員を含む数十名がお見送りのため集まっているところに、正面玄関から金髪・鼻ピアスの例の彼女が入ってきた。あまりにもこの場にそぐわないので、一部の役員が目を白黒させてびっくりしているようであった。そして事情を知っている部長の顔は真っ青になった。

役員からそれについて注意されたのか、あるいは米国の客人から何か言われたのかは不明だったが、その日のうちにTは部長からこっぴどく叱られた。「すみません」と頭を下げ、一切の弁解をしなかった。

Tが会社を辞めたのは、ちょうど1年目が終わる3月末のことであった。才能を惜しむ声はあったが、自業自得だろうという雰囲気であった。誰も事の発端の噂を流した張本人が鋭一であったことに気付かなかった。べらべらと周りに吹聴した女性の同期も、ちょっとしゃべりすぎたかなと気にはしていたが、その情報源が鋭一であったことはすっかり忘れていた。

退職したTが、若くして、なんと春に来日した電気自動車メーカーの日本本社の社長になったのを皆が知るのは、15年後であった。ビジネス誌の社長就任のインタビューの中で、人生の転機となった出来事として、白血病で20歳代で亡くなった、当時芸大に通っていた妹さんと、就職直後に1、2年一緒にアパート暮らしをしていたことが語られていて、それがあの金髪・鼻ピの女の子だったのだ。会社の近くの芸大に通う白血病の妹の面倒をTは見ていたのだろう。しかし鋭一はそれらの記事を目にすることはなかった。彼にとって人の成功談の見聞きほど苦痛なことはなかった。そんなものを見たって、胸の辺りをえぐられるような嫉妬心に苛まれるだけであったから、話は聞いていたが、一切関心を示さないようにしていた。

そんな内面に渦巻くカオスと裏腹に、鋭一はTなき後のホープとして数年間にわたり研究室で活躍することになる。

その鋭一に転機が訪れたのは母の死がきっかけであった。鋭一33歳の年に母親がくも膜下出血で急逝した。しかし不思議なことに悲しいという感情は全く生じなかった。憎んでいたわけでは全くない。母は鋭一という名前の通り研ぎ澄まされた刃物のような男になって欲しいと、一途に鋭一を育ててくれたんだろうと思う。

だが、母の死をきっかけに気付いたことがある。それは、鋭一には母とのスキンシップの思い出というか感触が全くなく、そんなはずはないと思うが、母に抱っこしてもらった覚えが全くないのだ。頭を撫でてもらったり、頬ずりをしてもらうというような思い出もない。そのことが、常に満たされることのない鋭一の心の深層に影響しているような気がした。

母の死から1年後に嫁ぎ先の姉から鋭一に電話があり、

「父さんさー、母さんが亡くなってからふさぎがちで、この間、精神科に連れて行ったらうつ病だって。だから、仕事を控えた方がいいんじゃないかって……」

その電話にむしろ鋭一は救われたような気がした。大学から社会人になって数年の間、ずーっと虚勢を張って生きてきた。傍からは完璧と思われるような、美しい人生を装って生きてきた。しかしその内実は自己愛に基づく嫉妬心や陰鬱な攻撃心に支えられたハリボテのような人生だった。

田舎に帰って、家業の刃物工場を継ぎ、自分を見つめ直そう。姉からの電話を受け、鋭一は即断した。

こうして、周りから惜しまれながら34歳で丸金刃物を継ぐこととなり帰郷した。父親の要望もあり早々に社長に就任し、父親は会長ということになった。30人ばかりを雇用している程度の町工場で社長・会長というのも少し大げさに感じたが、これを機にグローバルな企業にと考えていたので、敢えて父親には会長という名前を冠し、留まってもらうことにした。

帰郷直後より鋭一は精力的に動いた。まずは見た目からということで、丸金という屋号はあくまで残し「MARUGANE」というブランドで商標登録し、新たに新進気鋭のデザイナーを雇用、さらに古参の職員1名に「研ぎ師」の称号を与え、工場を工房に改名した。

従来のオーソドックスな和の刃物に、ソムリエナイフ、カトラリー、サバイバルナイフなどの洋風のラインナップを加え、さらに名刀と呼ばれる日本刀の再現プロジェクトを立ち上げるとともに、大学から就職まで一貫して携わってきた、金属のコーティング技術を刃物にも取り入れた。これらの改革をその頃は今ほど盛んでなかったネット上で積極的に発信し、若者を中心とした刃物ブームも手伝い、瞬く間にモダンな刃物ブランドとして全国的に、一部マニアの間では世界的にも知れ渡るようになった。

帰郷して2年目には大学時代の同級生と結婚し、その後一男一女にも恵まれた。その第2子が生まれた年に、当時、無医村ならぬ無医地区になっていたこの地域に、隣町出身のドクターがクリニックを立ち上げた。それが大沢であった。

市川さんの彼氏の社長の車内でのドラレコの確認を終えると、黒縁メガネの刑事はさっそく丸金刃物「MARUGANE」に向かったようだった。事件現場となった福井さんの居室及びその周辺では鑑識作業が続いていた。しかし老健未来の業務はいつも通りであった、というかいつも通りせざるを得ない。日常の業務、即ち食事や排泄の介助を今日は休みます、というわけにはいかないのだ。また、利用者さんは、ほとんどがこの状況に気付いていない。割と認知症の程度が軽い人でも、周りへの関心と注意が散漫になっているので、パトカーが数台外に停まっていても、制服の警察官が目の前を行き来しても、あまり気にならないのだ……おそらく。おそらくというのは、医学的にはもちろん認知症の理解は日々進歩しているし、大沢も病気にはなったことがあるので病人の気持ちは分かるが、老人になったことはないので、いくら医学的には理解していても、年をとられた方の本当の気持ちや感覚は分からない。一方、職員は施設内で亡くなられる方の対応（これを一般的に看取りと呼んでいる）には慣れているが、今回は普通の亡くなられ方と違い、首を絞められて殺されたのだ。しかも犯人は見つかっていない。相当の動揺が広がっているに違いない。

日勤の職員への申し送りが終わった後も利用者さんの介助をしている里子に、大沢は声をかけた。

「里子さん、申し送りが終わったら帰ってね」

「いつもならもちろんすぐ帰るんですけど、今日はちょっと……」

まあそれは当然だろう。自身の夜勤のうちに殺人事件が起きて、時間通りに帰れと言われても、そんな気にもなれまい。それに警察からもまだ聴取があるかもしれない。

「確かにそうやね。ところで職員はどう、動揺してない？」

「していると思いますけど、みんな割り切って仕事してますよ」

「そうか、ありがとう」

大沢は、酸いも甘いも知り尽くした女性スタッフたち（老健未来の介護職員は全て女性で、年齢は20~70歳代）の腹の据わり方に感心するとともに、ありがたいなと感じた。

大沢は老健未来の事務所に戻ると、出勤してきたこの地域在住の事務職員に、

「ドライブレコーダーに中島さんの侵入映像が映っているんだよね」

と話した。大まかな経緯と状況をだいたい承知していたその職員は、

「中島さん、っていうのは？」

元々この地域に多い苗字なのだ。

「丸金刃物の中島さん、考えれんやろー？」

今回の件に中島さんが関わっている。そして利用者さんを絞殺するなんて考えれんやろーという意味でつぶやいた。当然「えー、それは何かの間違いでしょ」という反応が返ってくると思いきや、その事務職員は黙ったままで、むしろうなずくように2、3回縦に首を振っている。

「えーっ？」

と大沢。

「えーっ、って？」

と、事務職員が割とため口で話してくる。

「いやいや。だから、考えれんじゃん」

「そうかなー？」

「そうかなーって、福井さんの首を絞めたのが中島さんかもしれんって話やよ」

「そりゃー、確かにここの利用者さんの首を絞めて……ということになると、にわかには信じれませんけど、先生、知らないんですか？」

「知らないかって、何のこと？」

「中島さん、陰で先生のことをボロクソに言ってるらしいですよ」

「はーっ？」

大沢は一瞬何を言っているのか理解できなかった。

「そうかー、耳に入ってなかったんですね」

「ボロクソ……？」

気になる言葉を大沢は反芻した。

その事務職員が語ることを理解したのは、話を聞いて30分くらいしてからだった。あまりにも自分が見聞きしてきた事実や印象とその話が乖離していたので、理解するのにそれだけの時間がかかったのだろう。その話というのは……。

この事務職員は聞き上手なこともあって、近所の人や、2人の子どもの同級生の母親などから、色んな話が耳に入ってくる。さながら地域の情報基地のような存在なのだ。その情報を整理すると、以下のようなことになるらしい。

ある時、母親仲間から、大沢先生が髄膜炎か何かを見逃したため、子どもさんが最近亡くなったと聞いたが本当か？　と尋ねられたため、大沢の奥さんに婉曲的に確認すると、「そんな話は聞いたことないわよ」とのことだったらしい。そう言えば1年ほど前に妻からそんなことを聞かれたのを大沢は思い出した。

またある時は、大沢先生って患者さん（人妻）に手を出して訴訟になってるらしいけど本当？　と聞かれたが、今度は奥さんに聞くわけにいかず、クリニックの看護師さんに後日それとなく聞いてみたところ「それはあり得ない」との返答だった。

これらの話の出どころを事務職員が探ってみたところ、最初の噂を伝えてきた人たちの情報の発信源は、ある1人の女性であることが判明した。その女性というのが、この地域に住む鋭一の、即ち丸金刃物の職員で秘書のような仕事をしている人だった。

その女性はおしゃべりではあるが、嘘をつくようなタイプではないので、不思議だなーと思っていたところ、叔父から1ヶ月ほど前に次のような話があった。叔父というのは事務職員の叔父で、当町議会の議長さんである。

「大沢先生と議員の中島さん、ほら、丸金刃物の中島さん、何かあった？　老健の自家発電への助成金の件、途中まで賛成しておいて、急に反対に転じて、しかもその理由がよく分からないんだよ」

さらに他の議員さんや役場内の課長クラスの人に、大沢先生の医療ミスや果ては患者さんとの不倫の話を吹聴しているらしく、普段はそんなことを言う人でないので、皆不思議に思っている……とのことであった。

大沢も不思議であった。そのようなデマを流される理由が見当たらない。しかもその内容が荒唐無稽すぎる。中島さんは誰かからの偽情報を鵜呑みにしているのだろうか？　それとも自身が一次情報の発信源？　そんなはずはなかろう。不可解であった……。

ゴールドサーフェス

中島鋭一の丸金刃物「MARUGANE」が躍進著しい刃物メーカーとして全国的にも名を馳せるようになり、家庭的にも第2子を授かり脂《あぶら》が乗ったちょうどその時期に、隣町出身の大沢が無医村、無医地区となっていたこの町に、新たに診療所（クリニック）を開院した。こんな山奥の人口減少に歯止めがかからない地域に診療所を新規開設するとは、ありがたいけど大丈夫だろうか？　と大方の住民は見ていたようで、大沢より2つ年下の鋭一もそのように見ていた。2歳違いで隣町出身なので大沢と鋭一に面識はなかった。が、開院直後に鋭一が工房で指先に切り傷を負った際に大沢クリニックを受診した。縫合処置中に「何の工房ですか？」と大沢が尋ねると、鋭一は「刃物を作っています」と答え、「ひょっとしてMARUGANEさんですか？」というやりとりがあり、ワイン愛好家の大沢が「MARUGANE」のソムリエナイフをプレゼント用に数本購入したことを披露したのを機に、大沢は鋭一に好印象を持った。以降、色んな場面で顔を合わせることになる。

一方、鋭一は大沢のことを、一介の開業医がなんぼのもんや、すぐに潰れるぞ、くらいに考えていた。しかし例によってそんなことはおくびにも出さず、同世代の先輩として親しみと尊敬の念をもってお付き合いをさせていただくという態度を演じていた。演じていたというのは少し違うかもしれない。元々そのような態度が板についていたのである。そのような見てくれの良さは、それはそれで彼の真実の一面であったのかもしれない。

大方の予想に反して、周辺に医療機関が無いこともあって、大沢クリニックには大勢の患者さんが継続的に受診し、すぐに潰れるどころか、2年後にはクリニックの点滴とリハビリ室を拡張する必要があるほどの賑わいとなっていた。

その辺りから、しばらく身を潜めていた鋭一の中の怪物が頭をもたげるようになってきた。ありていに言えば嫉妬心だが、そう一言では説明しきれないような、どろどろとした様々な感情が入り交じり、自分が一番でなくてはならないという強い義務感みたいなものが上乗せされ、もはや自身では制御できなくなっていくのであった。それは母性愛の欠如が一因で、その欠損を穴埋めするための自己防衛手段として自然に身に付き、さらに巨大化していったものであるということを、鋭一本人もうすうす感づいてはいた。しかし身の回りに自分より秀でている者が存在していることが許容できないという、本来コントロールすべき無用で邪悪な感情が解き放たれ始めると、もはや鋭一自身ではどうしようもなくなってしまうのであった。医師である大沢と発展目覚ましい刃物カンパニーの若手経営者の鋭一を比較する必要もないし、比較しようもないのだが、彼の設定したテリトリーの中に入ってくる、自分より優秀な者は攻撃の対象となり得るのである。鋭一にとっては、同じ町の中に自分よりも注目を集め活躍をしている人が存在しているということ自体がもはや看過できないのである。それでも実際行った攻撃は、当初はそーっと無言電話をするくらいであった。

ちょうどその頃、町議会議員選挙予定日の数ヶ月前に鋭一の工房兼自宅がある地区の議員さんが亡くなり、鋭一に白羽の矢が立った。鋭一の人気と周囲からの信頼は絶大で、地区全員から推されるような形で立候補し、そして予想通りトップ当選した。

丸金刃物「MARUGANE」の方は専務となった義理の弟が切り盛りしてくれるようになっていたため、余ったエネルギーを積極的に議員活動に投じていった。1年目からその活躍は目覚ましく、2年目には次期町長に、という声すら聞かれるようになっていた。こうなると鋭一の人気や注目度は俄然高まり、もはや大沢ごときは嫉妬や攻撃の対象とはならないのである。そもそも全く違う職種なのに、同じ町に在住していて、たまたま年齢が近いというだけなので、比較の対象になることはないのだが、鋭一にとってそれは異常ではなく、今までもそのようにして人知れず対象者を蹴落として生きてきた。それは彼にとっては存在のための必須手段でもあった。問題は、それにより知らぬ間に被害を受け、訳の分からないうちに人生を狂わされた人たちが存在しているということであった。

しかし、鋭一の外見のスマートさと人懐こさに目を眩まされているため、誰一人としてその邪悪な裏の顔に気付いている者はいなかった。

鋭一が町議会議員になって3年目の年に、大沢がクリニックの隣に老人ホーム（老健）を設立した。町内にいわゆる老健という形態の施設がなく、高齢者が町外の施設に流れてしまうため、何より本人もご家族も不便なのでということで、要望の高まりを受けて医療法人として老健未来を立ち上げた。その際、町からも数パーセントの助成金が交付されたのだが、それにあたり鋭一が議員としていくらか骨を折ってくれた話を大沢は仄聞した。そういうことが大っぴらになって利権がらみなどという噂が流れるといけないと思った大沢は、何かの会議の際に、密かに丁重に鋭一にお礼を申し述べた。「とんでもない。大したことはしていませんので」と笑顔での慎ましやかな返答に、大沢は鋭一にますます好感を抱くようになっていた。

老健の方は開設当初から満室で、「毎日が宴会」との一風変わった大沢の号令のもと、色んな催しを地域住民も巻き込んで行ったりしていたため、新聞でも取り上げられ、大沢先生頑張ってるよね、ありがたいよねーと、評判はうなぎ登りの状況であった。もちろん大沢にとっては基本的に周りの評判などというものに興味はなかった。それよりも、老健って一体何なんだろうと考え続けていた。枯れゆくお年寄りのために働き盛りの労働者（介護、看護、事務など）が大勢関わり、国もそれに対して自己負担分の1割を除いた9割分を拠出しているわけだが、その予算は膨れ上がる一方。これでいいのだろうか？　老健に希望とか未来を求めること自体がはなから無理な話なのだろうか？　果たしてそうだろうか？　ここから何かを創出していきたい……と日々試行錯誤を繰り返しつつ、どうせなら利用者さんも職員も日々ハッピーな気分で過ごしていただく中で、何かが生まれるかもしれないという思いから、色んなイベントを試みたりしていた。

一方、鋭一にとっては周りの評判というのは最大関心事である。自分がどう評価されているかが全ての行動の基準となる。ずーっとそのようにして生きてきた。そしてそれはずーっと生まれてこの方成功し続けている。そのため表面的にはヒューマニズムに溢れた完璧な人間なのである。しかし実際は表面をきらびやかな金箔で覆われた、中身が空虚なハリボテであることを、唯一鋭一自身が知っていた。家族にさえもそれを悟られてはいなかった。最近、鋭一はその空虚さの発端は、母からの愛情の欠如にあったのではないかと考えるようになっていた。しかし果たしてそうだったんだろうか。確かに鋭一の母は「鋭一」の名前のごとく、尖った刃物のような人間になるよう、ある程度厳しく透徹した態度で息子に接してきたことは事実であった。そして鋭一が母に抱っこしてもらった覚えがないと記憶しているのはあながち間違いではなかった。母は乳児の頃から息子の人を寄せ付けない雰囲気を感じていて、長女とは違い、何となくスキンシップを避けてきた。したがって鋭一の金メッキのハリボテ的正体を形成するきっかけになったのが、母親との関係性にあったのか、それとも生来の何かに起因するのか、または別の要因なのか鋭一にも定かではなかった。

町長選への出馬も内心考えていた鋭一だったが、まだ43歳では若すぎるのではないかとの周囲の人の評価を察知し、歳はさして問題にはならんやろーと思いつつ、奥ゆかしく皆さんの要請を辞退するという体を取った。その後の選挙を経て2期目の町議となり、刃物ブームも一段落して「MARUGANE」の事業も頭打ちになった頃から、華々しく、なおかつ堅実に、クリニックや老健を運営し、地元の名士の筆頭となっている大沢の存在が、単なる嫉妬の対象から攻撃のターゲットに変わっていく。

まずは、大沢が保育園児の髄膜炎を見逃して亡くなったらしい、という話をでっち上げた。高熱で来院し、ろくに診察もせず感冒と診断され、ひどくなる一方なので再診するも大丈夫と言われ、翌日意識がもうろうとしているので再々診するも「調子が良くなって寝てるんではないですか？」と言われ、やはり採血などの検査は一切されず、翌朝には嘔吐後に呼吸状態が悪くなり、救急車で基幹病院に搬送されたが、懸命の救命処置にもかかわらず1時間後に死亡し、最近になり両親が大沢に対して訴訟を起こした……というストーリーを組み立てた。そして、自社の事務員など2、3人に「大沢先生も大変だよねー」というニュアンスでほのめかした。このデマは元ネタがあって、一つは大沢のクリニックでインフルエンザの検査結果が陰性だったのに、翌日勤め先近くの医院で受診したら陽性だったという、よくある時間差によるもので、鋭一に話をした主も大沢を非難したわけではなかった。もう一つの元ネタは実際に新聞に載っていたよく似たケースの記事であった。2つを混ぜ合わせた作り話なのだが、鋭一がこういう類のデマをでっち上げる時は、不思議なことに途中からデマであったことを自分自身でも忘れ、しかも対象者を慰労するかのようにつぶやくので、話された方はそれがまさか真っ赤な嘘とは全く気付かない。そして鋭一がつぶやく相手は、いわゆるおしゃべりな人たちなので、口頭のみならずSNSを介して、噂は瞬く間に広がっていった。

しかし人の噂も七十五日の通り2、3ヶ月もすると立ち消えとなり、大沢本人の耳に入ることもなく、何のダメージを与えることもなかったようだった。

その間も鋭一は相変わらず、そんな邪悪な一面はおくびにも出さず、議員の中では飛び抜けた能力を発揮していった。町民の声を精力的に拾い上げ、的確に議会に反映させ「ほら、やっぱり中島さんを町長にすべきだった」という声が聞かれるほどであった。「MARUGANE」の方もひと頃の勢いはないものの、有能な義弟のお陰もあり、大過なく安定した経営が維持できていた。

周囲からの信頼に支えられながら、何の不自由もなく過ぎていく日常。それのどこが不満だというのか？……鋭一は自分が一番ではないことが不満なのだ。自身の耳目が及ぶテリトリーにおいて自分よりもてはやされる者が存在することが看過できないのだ。

医療ミスという作り話が何の功も奏さないとなると、第2弾を講じなくてはならない。鋭一は普段からそんなことばかり考えているわけではない。家庭のことを考え、子どもの教育にも熱心に取り組み、普段は良き夫であり、良き父親でもある。その同じ人物が、かたや人を貶めるための手立てを企てる。なぜそのようなことになるのか。長きにわたりそのような性向を野放図に解き放ってきた故なのか。それとも何か生来の病気の類なのか。

第2弾は、大沢が女性患者に手を出しているらしい、それも1人や2人ではないというデマだ。大沢から突然電話がかかってくる。カルテに電話番号が記載されているから電話するのは簡単だ。ある時人妻に電話して「食事でも」と誘ったところ「主人に替わります」ということになり「これはどういうことですか？　お預けした個人情報を、こんな風に使われるのは法的にも問題あると思いますが……」と冷静に切り返され「す、す、すみません」と小声で応えるのが精一杯だった……という話をでっち上げ、子どものPTAの会合で、そういう話が大好きそうな母親に披露した。「こういうバカな噂を流すやつがいるんですよ。この地域の宝ですよ、大沢先生は。あり得んでしょ」というコメントを添えて……。このPTAの母親にとっては、中島さんは大沢先生のことを擁護するけど、火のないところに煙は立たないから、話は事実に違いないということで、鋭一の思惑通り噂はあっという間に広がった。

しかし、効果は以前よりさらに小さく、波紋が広がることなく、やはり大沢の耳に入ることもなく、何の痕跡も残すことなく消えていった。

その頃、防災事業の一環として、町内の2、3軒の介護福祉施設に、自家発電を敷設することになった。対象施設が7軒あるので、その中から2、3軒選ぶにあたっては、当然自家発電設備がない施設が優先されるはずであったが、すでに一応自家発電を備えている老健未来にも最新の自家発電を追加敷設してもらえることになった。確かに奥まった地域のために台風や降雪による倒木や落雷などにより停電が起きやすく、以前にも長時間の停電に既存の発電設備では賄えず、エアコンや水洗が使えないため随分不便をしたことがあった。そんな事情を知ってか知らずか、鋭一が老健未来への新しい発電設備の導入を積極的に進めてくれたことを、大沢は後日役場の職員に聞くことになる。

この辺のところの鋭一の心情はどうなのだろうか。少なくとも大沢のためとは思っていなかった。入所しているお年寄りのためという思いもない。しかし傍からは、地域の介護施設のために尽力し、それをひけらかすことがない、素晴らしい人格者として映るのであった。

でも内実は、多分パーフォーマンス、またはカモフラージュなのだが、周囲はそんなことを疑う余地はなく、本人ですらそれには気付いていないから厄介なのだ。40も半ばを超える現在の年齢に至るまで、金メッキに覆われた鋭一の中の得体の知れないドロドロとした渦が皆に知られることはなく、それによるトラブルも表面的には起きたことはなかった。が、実は知らず知らずのうちに、鋭一のドロドロとした渦に巻き込まれ、直接または間接的に人生に深い傷を負わされたり、大きく人生を狂わされたりしてきている人たちが潜在しているのであった。

まあそれでも、それなりの均衡を保ちながら、即ち被害に遭った人たちもその発端が鋭一にあったことを知ることもなく、失われたものを修復し、鋭一が金メッキかもしれないがそれなりの役割を果たしているうちは良かったのだが、1ヶ月ほど前にその均衡が崩れる事件が起きた。事件といってもそれはあくまで鋭一にとってということであって、客観的には事件でも何でもなく、ただの会議での出来事。いや、出来事というほどのものでもない、ただのやりとりであった。

1ヶ月ほど前のお昼過ぎに、毎年1回行われる町の医療福祉部会というのが開催された。各介護福祉施設の代表者2、3名と、医院や歯科医院の院長、消防署の署長と救命士、保健師、役場の担当者などが参加する結構な人数の会議である。今般の少子高齢化に伴い、ご多分に漏れずこの町でも医療福祉に携わる人は増える一方である。大沢は医療機関の代表と介護保険施設の代表を兼ねているので、持ち回りで会の当番が頻繁に回ってくる。

その日も、クリニックの昼休み時間に5分ほど遅れてではあるが参加していた。それぞれの職種の繋がりが希薄になりがちなので、年に1回のこの会はそれなりに意義があり、様々な課題について割と忌憚なく意見が交わされる。

会の終盤に、議会の代表として出席していた鋭一が挙手をした。

「議長」

議長は高齢福祉課の課長である。

「どうぞ、中島先生」

「先生はやめときましょう。そんな柄ではありませんので」

「はい。では中島さん」

そのやりとりに思わず会の雰囲気が和んだ。鋭一はこういう感じで人の心を掴むのが上手なところがあり、そんなことが人気の高い理由でもあった。

「あのですね、ちょっと消防署長さんにお聞きしたいことがあって」

「わ、私にですか」

その日は救急関係の話題が全く出なかったので、半ば帰り支度をしていたせいか、少し驚いたようにも見えた。

「えっと、つい先日のことですが、当家の隣のおばあさんが朝起きたら亡くなっていたとのことで、１１９番に電話したところ、かかりつけ医に電話して下さいと言われたそうですが」

「あっ、はいはい。確かちょうど1週間前じゃなかったですかね」

「それを受けて、大沢先生が呼び出されて、死体検案書ですか、書かされたと聞いていますが」

「確か、若干ニュアンスが違っていて、指令室担当者がかかりつけ医はありますか？と尋ねたところ、それで思い出されたのか、あっそうや、電話してみますと言って電話を切られたという報告を受けていますが」

「いずれにしても、隣の市の知り合いの消防隊員、いや救命士やったな、彼。こういう場合はだいたい救急車で基幹病院に連れていくか、警察が来て死体検案になると聞きましたが」

「確かにそうですが……」

　署長は最近赴任したばかりということもあってか、明確な返答ができないようだった。

「こういう場合、地域の数少ないお医者さんに、そういう業務を押し付けるのはどうかと思いますが……」

「どうなんでしょうかね、こういう場合……」

　署長は助けを求めるように正面にいる大沢の顔を覗き込んだ。大沢には話の主旨がよく分からなかった。鋭一が何か大沢を擁護してくれようとしている感じはするが、別に「押し付けられた」わけではなかった。

「その知り合いの救命士の話によると医師法上、24時間以内にその患者さんを診ていないと、死亡診断書とか検案書は本来は書けないので、それは先生がだいぶ無理をして書いてくれたんじゃないかって……」

この辺の発言の鋭一の心理は複雑で分かりづらいが、基本的には大沢先生の肩を持つことにより自分の存在感と印象を高めることであり、本当は慰労の気持ちなど全くなく、実は少しだけ「医師法上ダメなものを、いくら親切とはいえ、書いてはダメなんじゃないですか?」という皮肉が込められているのだが、周りの人から見ると「あー中島さんは、大沢先生のこと、ひいてはこの町の医療のことをそこまで考えてくれているんだ」としか見えない。

鋭一はいつものように参加者の尊敬にも似た視線を感じながら、この話題を締め括ろうとしていたその時、

「それは、間違い!」

と、場にそぐわない大きな声で大沢が口を挟んだ。その瞬間、鋭一の顔が青ざめ、数秒後にはそれが真っ赤になり、カッと目を見開き大沢を睨みつけるようにしたこと

に気付いた者はいなかった。

「すみません、大きな声で……。それ、実はよくある間違いで、生半可な知識がある人に限って未だにその間違いを吹聴されるので困っているもんですから」

大沢としては、具体的に誰かを、即ち鋭一及びそれを伝えた知り合いの救命士などを非難しているつもりは毛頭なく、事実を伝えたかっただけなのだが、鋭一にとっては「生半可な」「吹聴」などのあまり言われたことのない不快な言葉が心を突き刺し、嫌悪の感情を抑えるのが精一杯で、皆に悟られないように、やや伏し目がちに黙り込んだままであった。

それに代わるように消防署長が尋ねた。

「先生、よくある間違いというのは、24時間のことですかねー?」

「そうそう。署長さんには以前お話ししたこと確かにありましたよね。そうなんですよ。死亡より遡って24時間以内にその亡くなられた人を診察していないと、死亡診断書や検案書が書けないという間違いが流布されていて、まあ我々医師でも間違って理解している者がいるので、やむを得ないことなんですけどね」

「私も確か昔、上司から聞いてそうだとばかり思っていましたが、それが間違っていたことはだいたいは理解したつもりなんですが、もう一度改めて教えていただけませんか？」

伏し目がちだった頭を上げ、静かにやりとりに耳を傾けている様子の鋭一だったが、はらわたは煮えくり返っている。40も半ばを過ぎるまで、他人から批判を受けるような経験が鋭一にはほとんど無かった。というより、そんな状態にはならないように予防線を張ったり、下工作をしたり、対象者を誰にも気付かれぬうちに貶めたりしながら、表面上は金メッキで覆われているので、尊敬され慕われこそすれ、他者からの非難や批判にさらされることはほぼ皆無であった。

であるのに今、目の前で、大沢のことを（表面上は）思いやっての発言に対して、罵倒された（本人にとっては）ことに、やりどころのない怒りを鎮めることができず、しかしそれを隠すために笑顔を作ろうとしている様子に、2、3の参加者が違和感を覚えたが、大沢はそんな様子に気が付くことなく、消防署長の要請に応えるように話を続けた。

「医師法第二十条の但し書きにこう書いてあるんですよ。『但し、診察中の患者が受診後二十四時間以内に死亡した場合に交付する死亡診断書については、この限りではない』。亡くなられた患者さんを直接診に行かなくても、即ち家族からの報告だけで死亡診断書を書いてもいいよと記載されているんですよ」

医師法とか言われると、大方皆拒絶感を示すのだが、お構いなく大沢は話を続けた。

「どういうことかと言うと、離島とか車で向かうのにも大変な山奥とかで、例えばご老人が亡くなられた場合、その前の24時間以内に医療機関を受診していたり、または往診をしていれば、わざわざ改めて行かなくても診断書作成していいよ、と書いてあるんです」

参加者はキョトンとしながら耳を傾けている。

「意外に大事なことなので話を続けますね、ところがそこにいわゆる『24時間の誤解』が生じていて、『24時間前に診察していないと、死亡診断書や検案書を書いてはいけない』と全く逆の意味に理解されていることがよくあるんです」

多分、半分くらいの参加者が半分くらい理解した程度であろうことは、大沢も経験上分かっていた。でも大事なことなので、機会があるごとに話すようにしているところであった。

「即ち、残念なことにご自宅で、例えば高齢者が亡くなられた場合、24時間以内に病院にかかっていないと、かかりつけ医には診てもらえないので、全て救急車を呼ぶ、あるいは警察に直接連絡するということになって、本当に急を要する際の救急車の利用の妨げになったり、事件性がないのに長い時間をかけて警察が検死することになって、警察も大変だがご家族も大変で、亡くなられた方も本意ではない、ということになるわけです」

「よく分かりました。要するにそういう場合は、救急車の適正利用の観点から言っても、かかりつけ医にまず連絡した方がいいということですね」

と、議長役の高齢福祉課の課長が締め括った。

「その通りです。特にこういった中山間地域においては大切なことですので、時間をいただいて説明させていただきました。ありがとうございました」

ということで、鋭一も特に追加発言することなく閉会した。

大沢としては、こういう機会を利用して皆さんに知ってもらえるといいなと思っていた事項を伝えただけで、その発端となる発言が中島議員、即ち「MARUGANE」の社長の中島鋭一であったことさえ忘れていた。

しかし鋭一にとっては公衆の面前で辱めを受けたとしか思えなかった。客観的には大沢が鋭一を責めたり揶揄したりしたような感じは全くなく、辱めを受けたなどというような状況とは程遠かったのだが——。

その日を境に鋭一をかしめていた箍《たが》が外れ、覆い隠していた邪悪な部分が頭をもたげ始めた。それまでは、誰にも気付かれないように、第三者を介して対象者を凌辱し貶めてきた。大沢に対しても同様に何回か攻撃してきたが、功を奏することはなかった。

翌日から鋭一は人前であからさまに大沢の悪口を言うようになった。悪口といっても、実際は以前に鋭一自身がでっち上げた噂である。以前はキーパーソンとなるような1、2名にそれをほのめかす程度であったが、例の医療福祉部会以降、堂々とそのデマを吹聴するようになっていく。不思議なことに吹聴しているうちに、自身の作り話であることを半ば忘れ、鋭一の心の中で事実であったかのごとく固着していくのであった。

「大沢は人殺しやぞ。重大な病気を見逃して子どもを死なせとるでね」

もはや大沢と呼び捨てだ。

「患者さんに手を出すなんて最低やな」

これらをまず妻に、そして当町出身の職員に、そして役場で、さらに町議会後などで、自らの口で言い放つようになった。いずれも聞かされた方は、人を罵る鋭一の姿など今まで一度も見たことがなく、しかも信憑性が不明なため、ただポカーンと聞き流すだけであった。

そんな中、定例議会において自家発電の補助事業の対象に、老健未来を含む3施設を対象とするという決議に鋭一のみが挙手しなかったため、不可解に思った議長が確認した。

「中島議員、確か老健未来については、積極的に推薦をして下さったはずなので、あとの2軒に対して反対なのでしょうか？」

「老健未来については、すでに自家発電持ってみえますし、老い先短い高齢者のために……いや、決まったことなので、もちろんそれで結構です」

他の議員たちは、一様にこの短い発言に違和感を覚えた。あれっ？　老健未来はすでに発電設備があるけど容量が不足気味だからといって薦めたのは鋭一自身だったはずじゃないかという点と、それよりも発言を中断したものの、明らかに「老い先短い高齢者のために、予算を費やすのは勿体ない」というようなことを言わんとしていた点に皆違和感を覚えた。そんな発言を鋭一がすることはなかった。まず「老い先短い」などという議会という場ではかなり不適切で不用意な言葉を鋭一が使うこと自体が変だった。皆、あれっ？　どうしたんだろう？　とは思ったが、鋭一以外の挙手により議決されたので、それ以上誰も何も発言はしなかった。

もはや鋭一の頭の中は大沢への復讐の念でいっぱいになっている。復讐？　それほど大げさなことだったろうか？　あの会議に居合わせたメンバーの誰一人として、大沢が鋭一のことを揶揄したり責め立てたりしたようには感じていなかったはずだ。
しかし、鋭一にとっては一番大切にしてきたものに泥を塗られたとしか思えなかった。一番大切にしてきたもの、それは自身の見栄えである。物心ついてからずーっと金ぴかに塗り重ねてきた外観、そこに泥を塗られたことに対する怒りはもはや抑えることができなくなっていた。自己愛？　というのが相応しいのかもしれない。一度も修正されることなく巨大化した自己愛が自ら暴走しようとしている状況を、鋭一自身抑えることができなくなっていった。

元々この病的とも言える自己愛はどこから生じたのだろうか？　鋭一自身そのことについて思い当たることはあった。それは母親の愛情の欠如である。愛情の欠如？　傍からは分からないかもしれない。大切に育てられ、立派な大学にも行かせてもらい、他人が羨むような成功を収めたにもかかわらず、愛情の欠如とは一体どういうことなんだろう。それはやはり本人にしか分からない。母に抱っこをしてもらった記憶が鋭一にはない。そんなはずはないと言われるかもしれないが、その覚えがない。母親からの無私の愛情の表現でもあるスキンシップを受けた記憶がない。頬ずりをされたり頭をなでてもらったり強く抱きしめてもらった覚えがない。それはなぜなのか。母親が、「鋭一」という名前のごとく、刃物のような鋭利な頭脳と潔い生き方で道を切り開いていって欲しいという願いから、敢えて突き放すようにして育ててきたせいなのか。鋭一自体が生来そのような母の愛情を受け入れづらいキャラクターであったのか。その辺は分からない。

「何らかのリベンジをしなくてはならない」

医療福祉部会後の数日、鋭一の頭の中で第三者がつぶやいているかのようで途切れることがない。本来の「MARUGANE」の日常の業務は義弟をはじめ幹部がほとんど管理してくれているので、鋭一がいなくても支障がないのだが、取引先の大手企業、特に提携関係にある海外の大手刃物メーカーとの交渉ごとは、英語が流暢な社長の鋭一抜きでは進まない。最近はオンラインで、経営コンサルティング会社に所属する通訳を伴って会議が行われる。しかし昨日、今日とどうも身が入らず、特に相手の英語が耳に入ってこず、チグハグなやりとりに終始してしまった。

気晴らしにと車を走らせ町内の蕎麦屋さんで遅めの昼食を取り、帰りがけに蕎麦屋近くの大沢の運営する老健未来とクリニック及び自宅が一緒になっている敷地内に、ほとんど無意識に車を乗り入れた。気が付くと、建物の周囲をグル－ッと1周している自分がいた。さすがに、何をしようとしているのだろう俺は、と我に返り、会社に戻ることにした。

さらに1週間ほど経っても、会議の場で辱めを受けた悔しさが紛れることはなく、やや不眠傾向が続いていた。しかし他人に相談するわけにいかない。第1に相談する人がない。

人に弱みを見せたことがないので相談したこともない。第2に何を相談するのかが分からない。会議の場で馬鹿にされたからといったって、自身の発言の誤りを訂正されただけだ。

大きな声で恫喝されたような気がしたが、間違いに対して間違いだと言われただけの気もする。でも、やはり許せないのである、結果として著しくプライドが傷つけられたことは、鋭一にとっては揺るがし難い厳然とした事実なのである。

名誉を取り戻し、見栄えを整えるためには、相応の復讐をするしかない。なぜそんな理不尽な方向へ思考が向くのか、普段の冷静沈着な鋭一からは想像がつかないのだが、動き出した歯車はもう自身では止めようがなかった。

その夜も深夜零時に床についたが眠ることができず、午前2時になりムクッと起き出すと、玄関脇の下足部屋に常備してある防災用袋から縄紐と自社製のガラスカッター及びライターを取り出した。この時点ではそれで何をしようと思ったわけではない。いや鋭一に潜むもう一人の鋭一にはそれで何をしようとしているのか明確な意図があったのかもしれない。そのもう一人の鋭一に引っ張られるように、そーっと玄関を抜け出し車のエンジンをかけた。同時に感情のどこかに火が点いた。

呆けてしまって生きる価値のない寝たきりの高齢者で金儲けをして、大沢はそれで社会的地位を築いている。

生きる価値のない高齢者に栄養だけを与えて生かしておくこと自体が、本人にとっても家族にとっても社会にとっても罪なことである。

だから……大沢は許し難し。

もはや完全に思考に整合性が欠如していた。

車を走らせて老健未来に着くまでの7、8分間の覚えは全くない。気が付くと老健の北側の駐車場に車を停めていた。北側の駐車場は大沢の自宅と接している。自宅横にスチール製の物置があり、その物置の横に解体した段ボールが数枚もたせかけてあった。車の中に置いてあったティッシュの箱と持ってきたライターを手に取り、車を降りるとティッシュペーパー数枚に火を点け、それを種火に段ボールに火を点けた。湿っているせいか勢いよく燃えることはなく、スチール製の物置にわずかに黒い煤が付くくらいで立ち消えた。なぜ火を点けたのか、明確な理由が鋭一自身も分からなかった。たまたまライターを持っていたからなのか、狼煙のような意味合いで火を点けたのか。ほとんど無意識の行動であった。

それくらいの嫌がらせで家に帰ればよかった。しかし鋭一は一旦車に戻ると、ロープとガラスカッターを持って南の棟の裏側の右から2番目の部屋に向かった。数日前に下見に来た際の防犯カメラの設置場所は、どういうわけか正確に記憶していた。その部屋を選んだのは、下見の時に、何となく奥まっていて気付かれないような気がしただけで、それ以外の理由はなかった。誰でもよかった。大沢を困らせることができれば。

窓から中を覗き込むと、部屋の入り口灯らしきものが灯っていたが、ドアは閉まっていた。

両隣の部屋はドアが半開きになっていたため、やはり右から2番目の部屋に侵入することにした。ロープを持ってきたものの、その時点では侵入して何をするのか明確に決めていたわけではない。窓の施錠を確認する際にガタッガタッと音がした。すぐに見回りらしきスタッフが入室してきたため、急いで身を屈めた。その後、動悸と息切れがひどく、しばらくの間立ち上がることができなかった。

その時点で引き返せばよかった。しかし鋭一は身を屈めたまま、動悸と息切れが治まるのを待った。相当長い時間そうしていた気がする。そして意を決して立ち上がった時、時計は午前3時10分を示していた。
持ってきた自社製のガラスカッターをポケットから取り出し、窓ガラスの鍵の近くの部分をくり抜いた。もう10年も前になるが、このカッターを開発する際に何十枚もガラスを切ったことがあるのでお手のものである。くり抜いたところから手を差し入れ施錠を外した。そしてエアコンの室外機に足をかけてそっと窓枠を乗り越えた。静かに、とは思ったが、着地する際にドーンと音がした。今度はスタッフは来室しなかった。

年老いたおじいさんが小さな鼾をかきながら眠っていて、鋭一の気配に気付く様子はない。何のために何をしに来たのかと我に返りそうになったが、そのすやすやと眠る姿を見て、「この何の役にも立たない老人のために国の予算が使われ、家族が苦しめられ、多くのスタッフの労力が消耗されている……」「この寝たきりらしき老人が生きている意味はあるのだろうか」「意味はなかろう」と自問して即答した。そして、「大沢はそれにより富と名声を得ている」「だから……この無用の存在を名実ともに無にしなければならない」と思いを固めた。

そんな理不尽なことがあるだろうか。確かに認知症は進んでいるが、生きる価値があるかどうかを査定する権利など誰にもあるはずがない。ましてや赤の他人だ。そしてそれを実行すればどのような結果をもたらすか、賢明な鋭一が分からないはずがない。大沢への嫉妬・侮辱された（と本人が思っている）ことへの怒りが、どうしてその理性を凌駕するほど大きくなっていったのか？

鋭一はその老人の首に手を回した。痩せてしわしわであるが故に、余計に頸動脈の拍動と温もりが手に伝わってきた。それに耐え切れず、こうなることを別の自分が予期していたかのように、用意してきたロープを二重にして首に回した。ここまでのところこの老人は全く気が付く様子がない。

鋭一は神や仏を信じたことや頼ったことは一度もなかった。にもかかわらず、思わず、

「南無阿弥陀《ナンマイダ》ー、南無阿弥陀《ナンマイダ》ー」

とつぶやきながら絞めた。思いっきり絞めた。思いのほか力が伝わらない。ベッドの端に足をかけ、もう一度絞め直した。

ぎゅぎゅぎゅぎゅぎゅー……

縄が締まる音に続いて、

「ぎゃぁっ」

という声というか、声帯を気体が通る音がした瞬間、老人はかっと眼を見開いた。

そして見開かれた眼が鋭一の視線に飛び込んできた。それは呆けた老人の眼ではなく、どこまでも澄み切った、穏やかで聡明な瞳であった。悠久なる時の流れと壮大な宇宙の営みを反映しているかのごとく、透徹した美しい眼差しであった。鋭一はそう感じた。

ほんの一瞬のことであったが、その清らかな威厳に耐え切れず、鋭一はさらにロープを持つ手に力を加えた。

バキバキッ！

喉の軟骨らしきものが砕ける音がした時点で手を緩め、飛ぶようにして窓を乗り越え、全速力で車まで走り抜け、アクセルを思いっきり踏み込み車を急発進させた。

キュルキュルキュルキュル！

というタイヤの摩擦音で初めて鋭一は我に返った。

しかし時すでに遅し、全てが終わっていた。全てが……。

鑑識が終わるまでの間、大沢は老健未来の事務所で待機していた。そこに全ての業務が終わった里子がやってきた。

「里子さん、ご苦労さん、大変だったね」

「大変と言っても、いつもと変わらないですよ。人が1人亡くなっても、いや殺されても何も変わらない……」

独り言のように、何かを確認するかのように、里子がつぶやいた。

「先生、中島さんから恨まれるような覚えはないんですか？」

動揺を紛らわせるように努めていつも通りの業務を続ける事務職員が、里子の独り言にかぶせるように大沢に聞いた。

「無い」

きっぱりと大沢は答えた。

「叔父曰く、1ヶ月前くらいから、急に人が変わったように先生の悪口を言うようになったらしいから、その頃に中島さんと何かなかったですか？」

1ヶ月前、何か……？　やはり思い当たらない。

「やはり中島さんが犯人なんですね」

里子が口を挟んだ。

「今のところ、断定はできんけど……」

大沢が応え、事務職員が話を続けた。

「その頃どこかで会っていませんか？」

会う……？　1ヶ月前……？

「うーん、何かの会議で一緒だったなー。えーっと、あれだあれ。医療福祉部会だ」

「そこで何かありませんでしたか？」

「何か……？」

「口論になったとか……？」

事務職員が畳みかけるように尋ねた。しかし思い出せない。最後の方に鋭一の発言があって、あっそうだ、24時間以内に診察してないと死亡診断書を書けないという話だったので訂正はしたが……。鋭一が大沢を労わるような内容だったので、そんな心遣いは不要、そういう時は遠慮せずに、救急隊や警察を呼ぶ前に私の方に連絡下さいね、という主旨で発言はしたが……。少し強めに説明した部分はあったような気もするが、それにしても……。

「思い当たらないよー。ただ、意見のやりとりというか、中島さんの発言を訂正した覚えはあるけど……」

要領を得ない答えに、里子と事務職員は顔を見合わせた。

大沢にはそんなことで何の関係もない人を殺すなんてことは到底考えられなかった。何かの間違いだろう。車載カメラに鋭一が映っていたのは、何か特別な事情があったんだろう。そうとしか考えられない。きっと鋭一の工房兼工場に向かった刑事がその辺の事情を詳らかにしてくるに違いない、と思っていた。

すでに警察や鑑識が到着して4時間、大沢が福井さんの死亡を確認して5時間ほどが経とうとしていた。診療時間を1時間遅らせ、さらに10分ほどが過ぎた午前10時40分頃、大沢が重い腰を上げようとした時、現場を取り仕切っていた井上刑事が事務所にやってきて伝えた。

「『MARUGANE』の、いや議員の中島鋭一を現行犯逮捕しました」

ゲンコウハン？　大沢には何を言っているのかが理解できなかった。

一方、里子と事務職員は割と冷静にその言葉を受け止めたように見えた。

「現行犯……ですか？」

「うちの若い者が自宅に伺ったところ、車庫の車の中で眠ってみえたようで、窓を開けてもらって職質しようと手帳を提示した瞬間に急発進されて……」

「逃げたということですか？」

「そういうことです。で、こちらは車に手を持っていかれるような感じで、転倒して……相当のスピードだったと思いますよ」

「それで？」

「50メートルくらい先で車が路肩に乗り上げ、公務執行妨害での現行犯逮捕ですわ」

「そんなに急いで逃げたということは……」

それでも大沢は、これまで鋭一に悪い印象を1回も持ったことがなく、仕事も順調そのもので、議員としての能力も飛び抜けていて、親切で愛嬌もあって、こんな弟がいたらいいなーと思っていた人間が、そんなこと、即ち高齢者を絞殺するなどということは、やはりどうしても信じられなかった。

「これから取り調べることになりますが、そのようにして逃げたということは、クロである可能性が非常に高いと言わざるを得ませんなー」

そこまで言われて初めて、大沢もそうとしか考えられない状況であることを認識した。

それにしてもなぜ？　自宅脇のボヤのことも考えると、自分への恨みではないかと刑事も言っていたが、それほどまで恨まれるような覚えはない。もしそうなら、何らかの兆しぐらいはあってもいいはずだが、そんなものは一切なかった。

1ヶ月前の会合が原因かもしれないとしても、これほど重大な結果をもたらすような恨みを買ったとは到底思えない。

自分への恨みではなく、絞殺された福井さんとの間に何かあったのではないかとも考えられたが、1ヶ月来、大沢のことを誹謗中傷していたという情報を考慮すると、やはり自分への復讐であったと考えるのが妥当なのであろう。

復讐？　うーん？　それにしても……思考はぐるぐると回転するばかりであった。

そんな大沢の戸惑いを察するように井上刑事が声をかけた。

「混乱されていると思いますが、一応これで現場の調べは終わりましたので」

「ご苦労様でした。そして大変ご迷惑をお掛けしました」

「ご苦労様でした」

大沢に続いて里子と事務職員も頭を下げた。

皆でグリーンユニットの方へ向かうと、黄色の規制テープの手前に刑事数名と鑑識官数名が集まっていて、福井さんがいなくなった部屋に向かい深々と頭を下げている。

大沢と里子と事務職員の他、手が空いている日勤職員もそれに合わせ頭を下げた。

「取りあえずこれで失礼しますが、規制テープはしばらくこのままにさせていただきます」

「承知しました」

皆が立ち去った後には黄色い規制テープが、生と死の境のように、あるいは狂気と正気の境のように、もしくは日常と非日常を分かつように、ピーンと張られていた。この黄色いテープのようなもので善と悪を明確に区切ることができればいいのだが、人間の所業はそれほど単純なものでもないのかもしれない、と大沢は感じた。他の職員もそれぞれの思いを胸に刑事たちを見送った。

福井さんがいなくなり残った8名のグリーンユニットの利用者さんは、そんな人の世をまるで達観しているかのように、目の前で慌ただしく行われていた鑑識作業にはほとんど興味を示すことなく、共有スペースでお茶をすすっていた。

老健の職員も利用者さんの穏やかな反応にほっと胸を撫で下ろしつつ、たとえ殺人事件が起きようとも、介護を必要とする人が目前に存在する以上は、今日は休みにしますというわけにはいかない因果な商売であることを改めて痛感しながら、気を紛らわせるかのように、いつもより多めの笑顔を振りまきながら仕事に戻っていった。

里子も長い長い夜勤を終え、「また改めてお話をお聞きすることになるかもしれません」と刑事さんから言われていたし、ひとまずは帰宅することにした。

帰り際に、2号室のいつもはちょっと意地悪な森さんから声をかけられた。

「大変やったね」

皆素知らぬ様子であったが、気が付いていたのか？

「ありがとうね、森さん」

と里子が軽く会釈すると、

「犯人は思わぬ人やったろ？」

と、森さん。

「え、えーっ？」

どこまで何を知っているというのか。それとも思いついたことを適当に言っただけなのか。推し量るように、

「何か知ってることあるの？」

と里子が聞くと、

「なーんにも分からんよ、なーんにも」

とのことだった。

机の上には、先日面会に訪れた家族が置いていった、古いアルバムが広げられていた。

あとがき

本書は小説ではあるが、あくまで自身が今まで直接、間接に経験してきたことに基づき、それを誇張し、あるいは逆に小説にするにはグロテスクすぎるためむしろソフトにして、構成したフィクションである。

ロウケンは老健《ロウケン》である。ロウケンというと老研、即ち老人研究所と思っている人もいるようだが、何かを研究しているわけでは全くなく、介護老人保健施設の略で、分かりやすく言えば老人ホームのことである。

そこには多様な過去を背負った人々が集まっている。入所している高齢者しかりスタッフしかり。さらに入所者やスタッフを取り巻く様々な人々の生き様が交錯し、ロウケンはさながら行き場を失った〝人々の思い〟の吹き溜まりのような場所でもある。

止むを得ず老人ホームに預けている家族、預けることにより今までの塗炭の苦しみから解放されほっと胸を撫で下ろしている家族、背景は様々である。そのような背景に違いが生じるのは当事者、即ち入所してみえる高齢者の所業によるところが大きい。

家族にも愛され社会からも認められて齢を重ねてみえた人、大酒をくらい悪態をつき続けてきた人、博打や男女関係で家族をも苦境に陥れつつ生きてきた人、可もなく不可もなく平凡な人生を歩んできた人、様々である。人の数×その人生の年数分の喜怒哀楽がロウケンには集積している。しかしその大半を良きにつけ悪しきにつけ何事もなかったかのようにご本人たちは失念し、スタッフも目の前の高齢者の現在にもっぱら向き合いながらお世話をしている。中には過去の所業に対してずーっと恨みを持ち続けている家族もいて、それが極端な場合はちょっとしたトラブルになったりもする。

スタッフも老若男女様々で、積極的に介護に取り組もうと介護職に就いた者、生活の糧として割り切って従事している者など様々である。経営者も様々で、開設者は医師と医師以外に分かれるが、介護老人保健施設を経営する医師の思惑もやはりまた千差万別である。

医師にも様々な過去が纏わりついている。なるべくそれらを払いのけようとしているが、払いきれなかったものや人や感情が突然表出してくることもある。

いずれにしても、それらの様々な人々の過去から現在に至るまでの出来事を上手に消化しながら、あるいは大きな袋で包み込みながらロウケンの毎日は過ぎていくのである。あるいはそれが人生一般なのかもしれない。色んな人々が時にはいがみ合ったり喧嘩したりもしつつ折り合いをつけ、分かち合いながら、酸いも甘いも包摂しながら、たくましい社会が育まれているのであろう。

しかし最近少し憂うべきことがある。それが何を意味するのか、何かの社会の歪みを反映しているのか、もしくは稀なケースで憂うには値しないものかもしれないが……。それは、見た目と中身が極端に乖離している人たちの存在である。「頭脳明晰でスポーツも万能、人付き合いも良く周りからも慕われていて、家庭も会社の仕事もうまくいっていた」というような人が、ある日突然驚くような犯罪を引き起こしたり、犯罪とはいかなくても陰で反社会的な行為を繰り返していた、というようなケースが増えてきているような気がする。

そのように表面化して大きな出来事になるのは氷山の一角で、実は我々は日常において、そのような金メッキで覆われているハリボテのような人格者に翻弄されていたりすることが多くなっているのではなかろうか。

20年ほど前に『人は見た目が9割』という新書がベストセラーになっていたが、基本的にはその通りだと思う。しかしそれに当てはまらないケースが増えてきているため、我々もそれを認識し、一定の注意を払っていくべきだと思う。

そのような人たちが増えてきているのは、社会の変化とも関係しているのだろうか。様々な個性がぶつかり合って悩み苦しみつつ、妥協点を見出し、ともに支え合って社会が成り立ってきたはずであるが、ＳＮＳやＡＩが席巻する現代においては生身の人と人がぶつかり合う機会は減じ、自己はゲームの主人公のように透徹した存在であることが要求されたりする。

それが、「金メッキで覆われた中身が空虚な人々」の増加と関係しているのか、はたまたただの杞憂なのか、変革する世界の必然なのか、その辺は私には定かではないが、３６０度の星空に包まれる中山間地での生活においては、人間の空間的時間的変遷を理解しつつ、目の前で繰り広げられる自然と人の営みのダイナミズムに寄り添いながら生きていくより他に道はないのである。

著者プロフィール

山田 博愛（やまだ ひろちか）

医師、岐阜県生まれ。県内の大垣市民病院、木沢記念病院などで勤務後、2000年に七宗町でカブチ山田クリニックを開業。2013年には医療法人BTFを立ち上げ、介護老人保健施設「穂」を開設。

著書『森へ還れ　―コロナからの警告―』（2022年、文芸社）

ロウケン

2024年 9 月15日　初版第 1 刷発行

著　者　山田 博愛
発行者　瓜谷 綱延
発行所　株式会社文芸社
〒160-0022　東京都新宿区新宿1－10－1
電話　03-5369-3060（代表）
03-5369-2299（販売）

印刷所　株式会社暁印刷

ISBN978-4-286-25763-1